Liebe Leserinnen, liebe Leser,

die dritte Ausgabe von **„dreizehn +13 Gedichte“** erscheint nicht ohne Grund am Internationalen Tag der Umwelt. Im Team sprechen wir seit der ersten Redaktionssitzung von einer **Green Issue**.

Wir möchten Sie einladen zu einem literarischen Spaziergang an den **Sehnsuchts- und Kraftort Natur**.

Die Natur dient in der Lyrik als **Metapher** für die Liebe, für Vergänglichkeit und den Kreislauf des Lebens, für politische Botschaften und für Zerstörung – und für die Schönheit. Sie ist Spiegel für Gefühlszustände ebenso wie für gesellschaftliche Vorgänge.

Katharina Pütter hat diesmal **dreizehn Gedichte** zum Thema Natur kuratiert. Vom Mittelalter bis ins 20. Jahrhundert. Vom „edlen Grün“ bis zum „Traum vom Fliegen“. Jedes Stück begleitet sie wieder mit einem essayistischen Kommentar, **QR-Codes** führen zu Audiofiles mit den von ihr eingesprochenen Texten.

Barbara Heine hat für den zweiten Teil +13 **Gedichte** der Gegenwart zu einer Reise durch die Natur zusammengestellt. Ein Gedicht über den Hambacher Forst oder das Ahrtal-Hochwasser hat sie nicht gefunden, dafür Gedichte über Seen und Kraniche, Kriege und Sehnsucht, große und kleine Wölfe und über einen Märchenwald.

Die Begeisterung für und die Sorge um die Natur finden sich in Gedichten vergangener Epochen ebenso wie in Songtexten des 21. Jahrhunderts. **„Es steht ein schwarzes Gespenst im Moor“**, schreibt Hermann Löns. Wir sind eine **„Laune der Natur“**, singt Campino von den Toten Hosen.

OLIVER WURM

Alle drei Ausgaben sind jetzt auch digital erhältlich – über die Seite **www.united-kiosk.de**. Und auf **Instagram** finden Sie uns auch.

Nun viel Freude beim Blättern, Lesen und Hören. Nehmen Sie das Magazin doch mit in die Natur.

Der Sommer ist da!

Resonanzraum

Reaktionen auf „dreizehn +13 Gedichte“

„Oliver Wurm verfolgt eine ähnliche Strategie wie der einstige Chefredakteur von Le Monde, Eric Fottorino, auf dem französischen Markt. In dessen Titeln ‚Zadig‘ und ‚Légendes‘ geht es um Zeitgeist, Geschichte und Kultur, um ein entsprechendes, durch ausgesuchte Illustrationen und Fotos gesteigertes ästhetisches Vergnügen. Man findet dort alles, aber nicht die in den anderen Magazinen üblichen ausgedruckten Internetberichte. Nun steht zu hoffen, dass die Dreizehn zur lyrischen Glückszahl für diese sympathische Unternehmung wird.“

Nils Minkmar, Süddeutsche Zeitung

„Beklemmend und beglückend. (...) Die Schauspielerin und Autorin Katharina Pütter hat diesmal dreizehn Gedichte aus dem 20. Jahrhundert kuratiert, die Hamburger Literaturveranstalterin Barbara Heine 13 zeitgenössische Werke. (...) Ergänzt um den feinen Strich des Hamburger Illustrators Dieter Braun. Sie lohnen die Lektüre nicht nur am ‚Welttag der Poesie‘.“

Maike Schiller, Hamburger Abendblatt

„Poppige Farben, kurze Erläuterungen. Ein freundliches Layout, eine ansprechende Haptik und merklich viel Freude an der Idee machen aus dem Heft ein Juwel am Kiosk. Man könnte sagen, dieses Magazin ist ein Gedicht.“

Kristian Teetz, Sonntag

„Schon das Inhaltsverzeichnis mit den bunten Porträts zu betrachten ist ein Vergnügen. (...) ‚dreizehn +13 GEDICHTE‘ bildet genau ab, wie eine Poesiefördermaßnahme heute beschaffen sein muss, um Erfolg zu haben. Wie in anderen Magazinen dominiert erst einmal das Bild. Doch das Wort, ob es alt ist oder neu, hält sich tapfer und bereitet ebenfalls Genuss.“

Gisela Trahms, DIE WELT

„Ein ganz kompetentes tolles Team. Ich empfehle es allen, die wieder Bock haben, ein Gedicht zu lernen – und allen Eltern von Pubertisten. Bitte, Leute, kauft das Ding!“

Anke Engelke im SWR3-Podcast WIE WAR DEIN TAG, LIEBLING mit Kristian Thees

„Heute ist ‚Welttag der Poesie‘, und ‚Alle Tage‘ von Ingeborg Bachmann ist in der neuen Ausgabe des Lyrikmagazins ‚dreizehn +13 Gedichte“ erschienen. (...) Und wir hier in der kleinen Newsletter-Redaktion zitieren sie heute noch einmal zu Ehren des Poesietags: ‚Die Uniform des Tages ist die Geduld, die Auszeichnung der armselige Stern der Hoffnung über dem Herzen.‘ Wenn das nicht auch ein Satz für unsere Gegenwart ist.“

Christoph Amend, ZEITmagazin-Newsletter

Team

KATHARINA PÜTTER

Die Schauspielerin, Autorin und Übersetzerin hat die dreizehn Gedichte ausgewählt und zu jedem einen essayistischen Kommentar geschrieben. Die von ihr gesprochenen Gedichte sind über Audiofiles zu hören. Neben ihrer Theaterarbeit (u.a. Ernst Deutsch Theater) ist sie bei literarischen Lesungen live zu erleben, außerdem in Hörspielen und Radio-Features. Als Autorin (ihr erstes Buch erschien unter dem Titel „Leben geht weit“) widmet sie sich insbesondere biografischen Themen. Sie übersetzt moderne Theaterstücke aus dem Englischen (Wesker, Skinner). Katharina Pütter wurde in Flensburg geboren, hat ihr Schauspielstudium an der Akademie für Darstellende Kunst Bayern absolviert. Sie lebt in Berlin.

DIETER BRAUN

Illustrator aus Hamburg. Er zeichnete die dreizehn historischen Dichter:innen. Der renommierte Künstler („Time Magazine“, „Stern“, „Zeit“) und Kinderbuchautor („Die Welt der wilden Tiere“; im Herbst: „Zu Hause bei den wilden Tieren") studierte Kommunikationsdesign an der Essener Folkwang Universität der Künste.

dreizehnplus13

FOTOS: Thomas Ernst (ernst-fotos.de); Stefan Albrecht/Albrechts Beste Bilder; Enver Hirsch (enverhirsch.com); privat

BARBARA HEINE
Die Hamburger Kulturmanagerin hat die +13 zeitgenössischen Gedichte ausgesucht und moderiert sie an, indem sie zu jedem der Texte einen eigenen Zugang findet. Brücken zu bauen zwischen Inhalten und Menschen, zwischen Poesie und Realität, Entwurf und Realisierung, Tradition und Innovation, ist Kern ihrer Arbeit. Mit ihrer Agentur HEINEKOMM bringt Barbara Heine seit 20 Jahren Menschen und Institutionen zu Kultur-, Gesellschafts- und Medienthemen ins Gespräch. Mit vielen der von ihr hier ausgesuchten Autorinnen und Autoren hat sie selbst schon zusammengearbeitet. Lyrik lesen ist für sie wie mehrsprachig sein.

ANDREAS VOLLERITSCH
Der gebürtige Österreicher mit Büros in Hamburg und Pettenbach verantwortet das Design. Gründer des Editorial Design Büros NEUBAUDESIGN, das sich auf die grafische Konzeption, Entwicklung und Umsetzung von Magazinen und Büchern spezialisiert hat. Er ist Mitglied im Art Directors Club und gestaltete u.a. „Das Grundgesetz als Magazin“ und „Das Neue Testament als Magazin“.

IMPRESSUM

Herausgeber
OLIVER WURM (V.i.S.d.P.)

AUDIOFILES
Regie: Roman Ruthardt
Toningenieur: Patrick Ehrlich
QR-Codes: Jan Ammerwerth

MITARBEIT
Janne Ulrich

SCHLUSSREDAKTION
Broder-Jürgen Trede

REPRO & LITHO
Martina Drignat

DRUCK
B&K Offsetdruck GmbH
www.bk-offset.de

VERTRIEB
stella distribution GmbH

Fotonachweise: im Seitensturz

Inhalt

+13

Hildegard von Bingen

O EDLES GRÜN

* 1098 in Niederhosenbach
† 1179 bei Bingen am Rhein

„O edles Grün

O edles Grün,
das wurzelt in der Sonne
und leuchtet in klarer Heiterkeit,
im Rund des kreisenden Rades,
das die Herrlichkeit des Irdischen nicht erfasst:
Umarmt von der Herzkraft himmlischer Geheimnisse
rötest du wie das Morgenlicht
und flammst wie der Sonne Glut.
Du Grün
bist umschlossen von Liebe.

HÖREN:

Grün – die Farbe der Natur, der Harmonie und Hoffnung, des Wachstums und des wiederkehrenden Lebens.

Grün ist die älteste Farbe der Welt, sie entstand vor 200 Millionen Jahren gemeinsam mit den Pflanzen. Deren Blätter konnten mithilfe des Farbstoffs Chlorophyll die Energie von Sonnenlicht einfangen und Photosynthese betreiben. Zur gleichen Zeit entwickelten sich die Augen der Tiere evolutionär weiter, und sie lernten, ihre neue grüne Nahrung zu erkennen. Als Signalfarbe wurde Grün der Schlüssel zum Überleben von Arten, und das hat Auswirkungen bis in die Gegenwart: Die Hälfte aller Farbtöne, die das menschliche Auge wahrnehmen kann, sind grün.

In keinem anderen Farbspektrum ist es dem Menschen möglich, so viele Nuancen zu unterscheiden.

Grün ist die vorherrschende Farbe in der Natur und kann auf die Physis und Psyche nachweislich eine beruhigende und heilende Wirkung entfalten.

Hildegard von Bingen, die Nonne, Gelehrte, Schriftstellerin, Medizinerin und Komponistin, weiß darum bereits im Mittelalter. „Es gibt eine Kraft aus der Ewigkeit, und diese Kraft ist grün", schreibt sie im 12. Jahrhundert und formuliert den Begriff der „Grünkraft", lateinisch Viriditas – als eine Grundenergie, die allem Natürlichen innewohnt: Menschen, Tieren, Pflanzen, Mineralien.

Monotone Tätigkeiten schwächen ihrer Auffassung nach diese Lebensenergie im Menschen, ohne die er krank wird. Die Grünkraft ist für Hildegard von Bingen die Basis für Heilung, die nur mithilfe der Natur erfolgt. Insofern sollte sich der Mensch – ob gesund oder krank – sooft wie möglich in der Natur aufhalten. Wandern, durch Wiesen und Wälder gehen, dorthin, wo diese positive Energie aufgefrischt werden kann.

In ihrem Gedicht preist Hildegard von Bingen die Viriditas mit emotionaler Intensität und Bildersprache – das lyrische Ich ruft, betet sie förmlich an: „O edles Grün". Diese Ansprache richtet sich an etwas Erhabenes, Unbegreifliches – ein Werk Gottes, für den die Dichterin das Symbol der „Sonne" wählt, als Wurzel allen Lebens.

Um zu erblühen, bedarf es des Lichts, das „leuchtet in klarer Heiterkeit". Umgekehrt besitzt dann auch das Blühende eine Strahlkraft. Die Grünkraft verbreitet Positives – Klarheit und Tugend. Möglicherweise bleibt, wer entsprechend lebt, von ihr erfüllt.

Im vierten Vers wählt Hildegard von Bingen erneut eine Metapher für den Schöpfer, der keinen Anfang und kein Ende hat, und für den Kosmos – „im Rund des kreisenden Rades". Die göttliche Kraft übersteigt die menschliche Auffassungsgabe, kann vom „Irdischen nicht erfasst" werden. „[H]immlische[] Geheimnisse" stecken im „Grün". Von ihnen geht keine Gefahr aus, vielmehr eine „Herzkraft", die „umarmt".

Das Motiv des Sonnenlichts kehrt im siebten Vers wieder, zuerst als Morgenröte, die einen neuen Tag ankündigt. Dann intensiviert es sich, die Dichterin bringt das Bild zu seinem kraftvollen Höhepunkt – die Viriditas „flamm[]t wie der Sonne Glut".

Das lyrische Ich führt die bildhaften Beschreibungen der Grünkraft zu einem sanften Ende, wieder mit einer direkten Ansprache. Und erfasst dabei die Dankbarkeit für diese Lebensquelle, die ein Geschenk ist: „Du Grün / bist umschlossen von Liebe."

Hildegard von Bingen legt die positive Energie der Grünkraft offen: die göttliche Kraft, in der sie „wurzelt", ihre Strahlkraft, ihre „Herzkraft". Und sie offenbart, dass sie dem Menschen, dem „Irdischen" geschenkt wird und unbegreiflich bleibt. In ihrer poetischen Auseinandersetzung findet sie intensive Bilder, um sich dem Überdimensionalen, dem Unfassbaren sprachlich anzunähern, und drückt eine demütige Dankbarkeit aus: „O edles Grün".

Das letzte Wort hat die Liebe.

Sie ist ein Schlüsselbegriff in Hildegard von Bingens Leben. Im 12. Jahrhundert legt sie als Nonne die Theologie menschenfreundlich aus und verkörpert ein ebensolches Weltbild.

Hildegard wird 1098 in der Nähe von Mainz geboren, als zehntes Kind der Edelfreien Hildebert und Mechthild, die einen Herrenhof bewirtschaften. Im Heiligen Römischen Reich bestimmt zu dieser Zeit der christliche Glaube die geistigen Maximen des Lebens. Ihre Eltern entscheiden, dass das Mädchen Gott dienen soll. Sie wird 1112, im Alter von 14 Jahren, in das Benediktinerkloster Disibodenberg im Hunsrück aufgenommen und dort zur Nonne. „Ora et labora" bestimmt ihre Tage – bete und arbeite.

Sie erwirbt eine außergewöhnlich umfangreiche Bildung, zur Seite steht ihr Jutta von Sponheim, als Meisterin und Vertraute. Das Glaubensverständnis der Oberin ist geprägt von Strenge und Selbstkasteiung. Der Verzicht auf leibliche Genüsse soll den Geist freimachen für die Nähe Gottes, Auspeitschen des Körpers und ein Bußgürtel, den sie trägt, lassen die Geißelung Christi nachfühlen.

Als Jutta von Sponheim 1136 stirbt, wird Hildegard ihre Nachfolgerin als Magistra und lockert die Regeln für die Frauen im Kloster. Sie glaubt nicht, dass es Gottes Wille ist, dass sich der Mensch mit Askese belastet und den eigenen Körper zerstört. Genuss erachtet sie nicht als Sünde, sondern als einen Weg, Dankbarkeit für die Schöpfung zu zeigen. Mit einer Erweiterung des Klostergartens eignet sie sich ein tiefgreifendes Wissen über die Natur und die Pflanzen ihrer Umgebung an und verschriftlicht ihre Erkenntnisse zu Heilkräutern und Nahrungsmitteln, Steinen und Tieren. Sie verbindet religiöse, medizinische und volkstümliche Überlegungen.

Durch ihre Beobachtungen der Heilkraft grüner Kräuter schafft sie ein wegweisendes Werk mittelalterlicher Klostermedizin. Ihr Einfluss als Frau ihrer Zeit ist immens, ihre Schriften sind bahnbrechend. Göttliche Visionen nennt sie als Ursprung ihrer Gedanken – Zeichen und Worte, die sie seit ihrer Kindheit vom Himmel empfängt.

Hildegard beschließt, ein eigenes Frauenkloster zu gründen. Sie durchbricht den Zwang zum Gehorsam und emanzipiert sich von der Macht ihres Abtes, indem sie argumentiert, diesen Auftrag direkt von Gott erhalten zu haben. Ob die von ihr geschilderten Visionen wahre Himmelszeichen, Strategie einer intelligenten Frau oder rauschhafte Wirkungen von Kräutern sind, bleibt unklar.

Zahlreiche von ihr verfasste Schriften sind Protokolle ihrer Erlebnisse und Erkenntnisse, immer wieder taucht in ihnen der Begriff der Grünkraft, Viriditas, auf, für Hildegard der entscheidende Motor im Kreislauf der Schöpfung. Sie findet auch Worte für destruktives Eingreifen der Menschen in die Natur, die Verschmutzung der Umwelt – und deren Reaktion darauf. In ihrer Tätigkeit als Hebamme führt sie Gespräche mit Frauen außerhalb der Klostermauern und verfasst als wohl erste Frau eine Beschreibung des weiblichen Orgasmus.

1151 verlässt sie mit den anderen Nonnen Disibodenberg und lässt in Bingen, am Zusammenfluss von Rhein und Nahe, das Kloster Rupertsberg errichten.

Hildegard von Bingen wird die einflussreichste Frau ihrer Zeit – sie widerspricht den Mächtigen, kritisiert öffentlich gottloses Verhalten der Herrschenden, bis hin zum König. Sie denkt unkonventionell, rebelliert und reformiert kirchliche Strukturen. Als sie 1179 im Kloster Rupertsberg stirbt, ist sie 80 Jahre alt. Das entspricht dem Doppelten der durchschnittlichen Lebenserwartung einer Frau zu dieser Zeit. Herzkraft, Strahlkraft, Grünkraft.

2012, mehr als acht Jahrhunderte nach ihrer Wirkungszeit, ernennt Papst Benedikt XVI. Hildegard von Bingen zur „Kirchenlehrerin“ und spricht sie heilig. Ihr heilkundliches Wissen erscheint nach wie vor in zahlreichen Büchern, die anleiten zu einem Leben in physischer und psychischer Gesundheit – der Mensch im Einklang mit der Natur.

Die Farbe Grün steht 2023 für eine politische Haltung, eine Lebenseinstellung, einen Zeitgeist – das Versprechen, die Natur schützen zu wollen. Mehr denn je für die Kraft der Natur und für ihre Bedrohtheit zugleich – für Heilung und gegen Zerstörung.

O edles Grün!

LESEN:

Die Seele

Heilkraft der Natur – Physica

Causae et Curae: Ursprung und Behandlung der Krankheiten

Gotthold Ephraim Lessing

DIE DREI REICHE DER NATUR

* 1729 in Kamenz
† 1781 in Braunschweig

Gotthold Ephraim Lessing

Die drei Reiche der Natur

Ich trink', und trinkend fällt mir bei,
Warum Naturreich dreifach sei.
Die Tier' und Menschen trinken, lieben,
Ein jegliches nach seinen Trieben:
Delphin und Adler, Floh und Hund
Empfindet Lieb' und netzt den Mund.
Was also trinkt und lieben kann,
Wird in das erste Reich getan.

Die Pflanze macht das zweite Reich,
Dem ersten nicht an Güte gleich:
Sie liebet nicht, doch kann sie trinken,
Wenn Wolken träufelnd niedersinken;
So trinkt die Zeder und der Klee,
Der Weinstock und die Aloe.
Drum, was nicht liebt, doch trinken kann,
Wird in das zweite Reich getan.

Das Steinreich macht das dritte Reich;
Und hier sind Sand und Demant gleich:
Kein Stein fühlt Durst und zarte Triebe,
Er wächset ohne Trunk und Liebe.
Drum, was nicht liebt noch trinken kann,
Wird in das letzte Reich getan.
Denn ohne Lieb' und ohne Wein,
Sprich, Mensch, was bleibst du noch? –– Ein Stein.

HÖREN:

„Nicht die Wahrheit, in deren Besitz irgendein Mensch ist oder zu sein vermeinet, sondern die aufrichtige Mühe, die er angewandt hat, hinter die Wahrheit zu kommen, macht den Wert des Menschen."

Gotthold Ephraim Lessing ist im 18. Jahrhundert eine der prägenden deutschen Stimmen der Aufklärung. Europaweit wird die politische und kulturelle Macht von Kirche und Adel infrage gestellt. In der Aufklärung wandelt sich das religiöse Weltbild hin zu einem naturwissenschaftlichen.

Die Vernunft, der Verstand des Menschen wird zum Maßstab für gesellschaftliches und persönliches Handeln.

Für Lessing ist das Streben nach Wahrheit eines seiner Lebensthemen. Der Aufklärer positioniert sich für Menschenrechte, schreibt über Freiheit und Toleranz, Mitmenschlichkeit, über die Vernunft und den Glauben an wissenschaftlichen und gesellschaftlichen Fortschritt.

„Die drei Reiche der Natur“ veröffentlicht er 1747 im Alter von achtzehn Jahren und parodiert mit dem Gedicht das streng logische Denken in der Aufklärung – indem er zunächst den Eindruck wissenschaftlicher Logik erweckt und diese am Ende ad absurdum führt.

Dem lyrischen Ich wird „trinkend“ klar, wieso die Natur sich in drei Reiche unterteilen lässt. „Die Tier’ und Menschen“ eint, dass sie „trinken“ und „lieben“. So unterschiedlich sie auch sein mögen – „Delphin und Adler, Floh und Hund“ sind liebesfähig und durstig, wie auch der Mensch. So schlussfolgert das lyrische Ich: „Was also trinkt und lieben kann, / Wird in das erste Reich getan.“

Die zweite Strophe ist dem weniger warmherzigen „zweite[n] Reich“ gewidmet, dem der „Pflanze“. Sie „liebet“ zwar nicht, doch nimmt eine jede ihrer Art Wasser in sich auf. „So trinkt die Zeder und der Klee, / Der Weinstock und die Aloe.“ Wieder steht in den letzten beiden Versen das Resümee, das einen logischen Zusammenhang mit dem vorher Geschriebenen herstellt. „Drum, was nicht liebt, doch trinken kann, / Wird in das zweite Reich getan.“

Keine dieser beiden Fähigkeiten besitzt hingegen die mineralische Masse auf der Erde, konstatiert das lyrische Ich, und sortiert sie in „das dritte Reich“: „Kein Stein fühlt Durst und zarte Triebe.“ Dann leitet es ab, – wie in den Strophen zuvor – welche Einteilung sich daraus ergibt: „Drum, was nicht liebt noch trinken kann, / Wird in das letzte Reich getan.“

Endeten die ersten beiden Strophen mit der Zuordnung in das entsprechende „Reich“, formuliert das lyrische Ich nun noch eine Frage: „Denn ohne Lieb’ und ohne Wein, / Sprich, Mensch, was bleibst du noch?“

Diese Ansprache wendet sich am Ende des Gedichts direkt an das – lesende – Lebewesen aus dem „ersten Reich“. Die Antwort folgt nach einer Pause und ergibt sich durch das Reimschema des Paarreims fast von allein: „ – – Ein Stein.“

Alles scheint auf den ersten Blick logisch, ist es aber nicht.

Gotthold Ephraim Lessing spiegelt in diesem Gedicht augenzwinkernd eine der aufklärerischen Hauptforderungen: zu hinterfragen. Und er hinterfragt damit die strikt logisch denkenden Aufklärerinnen und Aufklärer selbst.

Das lyrische Ich erkennt die vorgegebenen Zuordnungen in die „drei Reiche“ an. Es rekapituliert diese, erweckt den Schein einer Logik und kommt zu dem Ergebnis, dass der Mensch aus dem „ersten[n] Reich“ in das unterste absteigt, wenn er „ohne Lieb' und ohne Wein“ – ohne Gefühl und Genuss – lebt. Damit hebt er die vorangegangene wissenschaftliche Logik auf.

So unterzieht der aufklärerische Dichter die alles hinterfragenden Denkerinnen und Denker des aufklärerischen Zeitgeists einer kritischen Prüfung. Er zeigt mit Ironie, dass auch dieses Gedankengut keinen Anspruch auf die Wahrheit erheben kann, und setzt es einer selbstkritischen Betrachtung aus, die Schwächen einer vermeintlich logischen und richtigen Haltung offenlegt – und mögliche Folgen einer ausschließlichen Rationalisierung des Lebens und des Verzichts auf Genuss.

1747 veröffentlicht Lessing sein anakreontisches Gedicht erstmals in der Zeitschrift „Der Naturforscher“ – als humorvolle Reaktion auf eine zuvor veröffentlichte Abhandlung des Herausgebers Christlob Mylius über die drei Reiche der Natur. Ihr liegen die biologischen Definitionen Carl von Linnés zugrunde, dem Verfasser der Einteilung in die verschiedenen Reiche. Lessing lässt Naturkunde und Poesie interagieren.

Anakreontisch zu dichten, war Mitte des 18. Jahrhunderts sehr beliebt. Die Motive Liebe, Freundschaft, Geselligkeit, Natur und Wein stehen im Mittelpunkt dieses lyrischen Stils. Die Gedichte zelebrieren die Freude an der Welt und am Leben – am Diesseits – in verspielter und leichter Sprache.

Gotthold Ephraim Lessing wird 1729 in eine Pfarrersfamilie in Kamenz geboren.

In der Schule ragen die intellektuellen Fähigkeiten des Jungen heraus, und er verlässt sie vorzeitig. Auf Wunsch des Vaters beginnt er 1746 ein Theologiestudium in Leipzig. Dort wird sein Interesse für die Theaterwelt geweckt, und er findet zunehmend Gefallen am Schreiben. Er verfasst „Die drei Reiche der Natur“ und eine Vielzahl weiterer Gedichte, vor allem anakreontische – über den Sommer, die Astronomie, Gespenster oder Erdbeben. Lessings erstes Theaterstück trägt den Namen „Der junge Gelehrte“.

1748 bricht er das Studium der Theologie ab und stellt die Weichen für sein Leben neu. Er studiert in Wittenberg Medizin und zieht nach Berlin, um dort den geistigen und kulturellen Aufbruch unter Friedrich II. mitzuerleben. Und mitzugestalten – sein Wunsch ist groß, sich schriftlich zu formulieren und den Diskurs mitzuprägen. In der preußischen Hauptstadt herrscht ein aufgeklärtes, liberales Klima, und

Lessing wird zu einem gefragten Journalisten und Theaterautor. Er verfasst Gedichte, Epigramme, Rezensionen, theologische Schriften, Theaterstücke, Übersetzungen, Fabeln und eine Dramentheorie.

Er modernisiert die Literatur – in seinen Theaterstücken steht das Bürgertum, nicht mehr der Adel, im Mittelpunkt. Lessing möchte Fragen stellen, das Publikum zum Nachdenken anregen und es seine eigenen Antworten auf moralische Fragen finden lassen. Aufklären.

Lessing positioniert sich gegen Antisemitismus und kritisiert die Stellung der Frau in der Gesellschaft. Die weiblichen Figuren seiner Werke bedienen sich ihres eigenen Verstandes – er macht sie zu Titelheldinnen: Miss Sara Sampson, Minna von Barnhelm, Emilia Galotti.

In den 1770er-Jahren wird er Hofbibliothekar in Wolfenbüttel und heiratet dort 1776 seine langjährige Verlobte Eva König. Der gemeinsame Sohn Traugott stirbt am Tag nach der Geburt, und kurze Zeit später stirbt auch sie.

Der Gesundheitszustand des 50-jährigen Lessing verschlechtert sich in der Folgezeit. Von Krankheit und Trauer belastet schreibt er sein letztes Werk – das Drama „Nathan der Weise". Er thematisiert darin die aufklärerischen Gedanken der Menschlichkeit und Toleranz und entwirft das Wunschbild eines friedlichen Miteinanders von Judentum, Islam und Christentum.

Auch in diesem Werk beschäftigt den Dichter die Frage nach der Wahrheit – mit der „Ringparabel" gibt er eine Antwort. Zwei Jahre vor der Uraufführung stirbt Gotthold Ephraim Lessing 1781 im Alter von 52 Jahren in Braunschweig.

Dass der Mensch nachdenkt und dann im Einklang mit dem eigenen Gewissen handelt, war zeitlebens eine Idealvorstellung des Aufklärers.

Die Fähigkeit dazu unterscheidet die Menschen vielleicht am meisten von Tieren, Pflanzen und Steinen. Die Einteilung in ein erstes, zweites und drittes Reich ist auch eine Einteilung in Wertigkeiten. Der Mensch hat über diese Sortierung nachgedacht und entschieden – sich auf die höchste Stufe positioniert. Er rechtfertigt damit eine vermeintliche Überlegenheit, einen Machtanspruch, der mit Unterwerfung und Zerstörung einhergeht.

Und er lässt dabei außer Acht, dass die Erde ein Naturreich ist, in dem Steine und Pflanzen, Menschen und Tiere sich ihren Lebensraum teilen. Vielleicht liegt der wesentliche Unterschied darin, dass der Mensch Werte bilden kann – und fähig ist, sich zum Schutz dieses einen Naturreichs, der gemeinsamen Lebensgrundlage, „aufrichtige Mühe" zu geben.

LESEN:

An den Wein

Lob der Faulheit

Die Ringparabel in Nathan der Weise

Anna Louisa Karsch

LOB DER SCHWARZEN KIRSCHEN

* 1722 bei Schwiebus in Schlesien,
heute Polen
† 1791 in Berlin

Anna Louisa Karsch

„Lob der schwarzen Kirschen

Des Weinstocks Saftgewächse ward
Von tausend Dichtern laut erhoben;
Warum will denn nach Sängerart
Kein Mensch die Kirsche loben?

O die karfunkelfarbne Frucht
In reifer Schönheit ward vor diesen
Unfehlbar von der Frau versucht,
Die Milton hat gepriesen.

Kein Apfel reizet so den Gaum
Und löschet so des Durstes Flammen;
Er mag gleich vom Chineserbaum
In echter Abkunft stammen.

Der ausgekochte Kirschensaft
Gibt aller Sommersuppen beste,
Verleiht der Leber neue Kraft
Und kühlt der Adern Äste;

Und wem das schreckliche Verbot
Des Arztes jeden Wein geraubet,
Der misch ihn mit der Kirsche rot
Dann ist er ihm erlaubet;

Und wäre seine Lunge wund,
Und seine ganze Brust durchgraben,
So darf sich doch sein matter Mund
Mit diesem Tranke laben.

Wenn ich den goldnen Rheinstrandwein
Und silbernen Champagner meide,
Dann, Freunde, mischt mir Kirschblut drein
Zur Aug- und Zungenweide:

Dann werd ich eben so verführt
Als Eva, die den Baum betrachtet,
So schön gewachsen und geziert,
Und nach der Frucht geschmachtet.

Ich trink und rufe dreimal hoch!
Ihr Dichter singt im Ernst und Scherze
Zu oft die Rose, singet doch
Einmal der Kirschen Schwärze!

HÖREN:

Anna Louisa Karsch gilt als die erste Frau im deutschsprachigen Raum, die ihren Lebensunterhalt mit Lyrik verdient – als erste deutsche Berufsschriftstellerin.
Ihr Weg dorthin ist steinig, die Weichenstellungen ihres Lebens konfrontieren sie mit vielen Herausforderungen und Härten. Immer wieder stellt sie die Weichen unter großer Anstrengung neu. Sie gestaltet ihren Aufstieg zur gefeierten Dichterin selbstbestimmt und autodidaktisch.

1722 wird Anna Louisa Dürbach in der schlesischen Provinz nahe Schwiebus geboren, als Tochter eines Gastwirts und einer Mutter, von der sie kaum Zuwendung erfährt. Als der Vater stirbt, wird das sechsjährige Mädchen in die Obhut eines Großonkels gegeben. Er erkennt ihre Lust zu lernen, lehrt sie lesen und schreiben und weckt in ihr die Begeisterung für Literatur. Ihre Mutter erachtet Bildung für sie als überflüssig und holt Anna Louisa vier Jahre später zurück – als Zehnjährige wird sie als Kindermädchen, Haushaltshilfe und Kuhhirtin eingesetzt.

Auf der Weide begegnet sie einem Jungen, der anderen Hirtenkindern aus „Robinson Crusoe“ und weiteren Büchern vorliest. Die Beschäftigung mit Literatur trifft bei ihr erneut einen Nerv, und ihr eröffnen sich neue fantastische Welten.

In der Realität ist ein anderer Weg für sie bestimmt – im Alter von sechzehn Jahren wird Anna Louisa mit einem Tuchmacher verheiratet, und die beiden werden Eltern. 1749 lässt er sich von ihr scheiden, schickt sie fort; schwanger, ohne Geld und Unterkunft.

Ein existentieller und emotionaler Abgrund tut sich auf, für den sie im Rückblick Worte findet: „Nimmer soll es meine Seele vergessen, wie tief herunter ich gesunken und wie hoffnungslos mein Zustand war.“

Doch es geht noch tiefer. Um der mittellosen Lebenssituation zu entkommen, lässt sie sich auf eine Ehe mit dem Schneider Daniel Karsch ein, einem Trinker, der sie schlägt.

Sie reimt. Anna Louisa Karsch verfasst Gelegenheitsgedichte zu Hochzeiten, Taufen und Trauerfeiern und erhält dafür Geld und Anerkennung. Ihr sprachliches Improvisationstalent ist außergewöhnlich, ihre Stegreifgedichte, die Schönheit und der Humor ihrer Poesie machen sie in den 1750er-Jahren über ihren Wohnort Glogau hinaus bekannt.

Während des Siebenjährigen Krieges befreit sie sich aus ihrer Ehe, und es gelingt ihr, die Weichen für ihren literarischen und gesellschaftlichen Aufstieg zu stellen. Sie schreibt vielbeachtete Lobeshymnen auf Friedrich den Großen und auf Preußen – ihr Durchbruch.

1761 wird sie mit ihren Kindern nach Berlin eingeladen. Dort bewegt sie sich im intellektuellen und kulturellen Zentrum, trägt ihre Verse in den literarischen Salons vor – die Dichtkunst der „Karschin“ begeistert, namhafte Männer aus Adels- und Dichterkreisen fördern und feiern das Naturtalent vom Land.

Der Dichter Johann Wilhelm Ludwig Gleim wird ihr enger Freund und Förderer, er lässt sie in Halberstadt feierlich zur Dichterin krönen. Ihre Liebe zu ihm bleibt zeitlebens unerfüllt.

Er unterstützt sie 1764 bei der Veröffentlichung ihrer ersten Sammlung „Auserlesene Gedichte". Der Band erzielt den bis dahin höchsten finanziellen Gewinn eines literarischen Werks, und der Name Anna Louisa Karsch wird über die Landesgrenzen hinaus bekannt.

Im selben Jahr erscheint auch „Lob der schwarzen Kirschen". Über neun Strophen preist sie diese Früchte und plädiert mit einer poetischen Würdigung für deren poetische Würdigung. Geprägt von den anakreontischen Dichtern Gleim und Johann Georg Sulzer einerseits und der Erfahrung mit einem trinkenden Ehemann andererseits, verweist sie in ihrem Gedicht auf die Vorzüge und Kraft der „schwarzen Kirschen". Und appelliert mit einem Augenzwinkern an die „Dichter", sich einmal dieser statt immer nur der „Weinstock Saftgewächse" zu widmen.

Das lyrische Ich stellt deren geringe Wertschätzung zugunsten des Weins infrage. „Warum will denn nach Sängerart / Kein Mensch die Kirsche loben?" Um dieses Lob dann selbst auszusprechen. Strophe für Strophe liefert die Dichterin gereimte Argumente für die Besonderheit der „schwarzen Kirschen" und deren Vorzüge gegenüber „Wein", „Apfel" oder „Champagner". Das lyrische Ich rühmt die Farbe und das Alter der Früchte, deren literarische Wurzeln bis ins Paradies reichen, dem vom Dichter „Milton" als verloren beschriebenen.

In der dritten Strophe erfolgt der Geschmacksvergleich. „Kein Apfel reizet so den Gaum / Und löschet so des Durstes Flammen." Doch nicht nur der Verzehr der ganzen Frucht führt in gustative Superlative, auch der „Kirschensaft / Gibt aller Sommersuppen beste". Dann rühmt das lyrische Ich die gesundheitsfördernde Wirkung der „Kirsche" und empfiehlt sie all jenen, die krank sind, denen „das schreckliche Verbot / Des Arztes jeden Wein geraubet".

Als kostbare, alkoholfreie Alternative zum „goldnen Rheinstrandwein / Und silbernen Champagner" lobt das lyrische Ich das „Kirschblut". Und tritt nun selbst als „Ich" in Erscheinung, legt die lustvolle Wirkung offen, die verführerische Kraft der „Frucht" und führt die Lesenden dafür ins Paradies, zu „Eva, die den Baum betrachtet".

Die letzte Strophe beginnt mit einem Toast in anakreontischer Art. „Ich trink und rufe dreimal hoch!" Dann schließt die Dichterin, indem sie den Bogen zur ersten Strophe spannt. Die „Dichter" werden angesprochen und ermuntert, sich – ob seriös oder humorvoll – nicht immer nur dem vermeintlich Schönsten, Naheliegenden, der „Rose“ zu widmen und stattdessen den poetischen Fokus auf das Unscheinbarere zu lenken: „der Kirschen Schwärze!“

In vino veritas – oder eben auch in cerasio.

Die Originalität Anna Louisa Karschs drückt sich im breiten Spektrum ihrer Dichtkunst aus. In der zweiten Hälfte des 18. Jahrhunderts schreibt sie – inspiriert von Kirchenliedern – Oden, Gelegenheitsverse und Stegreifgedichte, Naturlyrik, politische Hymnen bis hin zu artifiziellen Liebesgedichten mit echten Tränen auf dem Papier. Die gelten vor allem Johann Wilhelm Ludwig Gleim. Über Jahrzehnte schreibt sie ihm Briefe, mehr als eintausend, besingt ihn in sapphischen Liedern und wird zur „deutschen Sappho“ – in Anlehnung an die griechische Dichterin.

Unbeschwert wird ihr Leben bis zum Ende nicht, trotz des stetig wachsenden Ruhms.

Sie schreibt offen über ihre Gefühle, schöpft aus ihnen für ihre Dichtkunst, mehr als dass sie klassischen Vorbildern oder Regeln folgt. Den Menschen ihrer Umgebung widmet sie sich ebenso wie Erscheinungen der Natur – Sonnenaufgängen, Tieren, Unwettern. Lyrisch bewegt sie sich im Stil von Anakreontik, Empfindsamkeit und Sturm und Drang, weckt das Interesse und erntet Lob von Goethe, Herder, Schiller und dem preußischen König Friedrich II. Der hatte ihr 1763 bei einer Audienz ein Haus in Berlin versprochen – erst 1789 erfüllt das Versprechen sein Neffe und Nachfolger Friedrich Wilhelm II.

Zum Ende ihres Lebens wird Anna Louisa Karsch so zur Bürgerin Berlins. Die letzte Weiche. Angekommen. Der Aufstieg einer Autodidaktin.

„Ich drang durch tausend Hindernisse / und ließ nicht mehr ab / bis mir der Ausgang Ehre gab.“

1791 stirbt sie im Alter von 68 Jahren. Ihr Grab auf dem Friedhof an der Berliner Sophienkirche ziert ein Stein mit einer von Johann Wilhelm Ludwig Gleim verfassten Inschrift: „Kennst Du Wandrer sie nicht, so lerne sie kennen.“

Eine letzte Ehre.

LESEN:

Das Ungewitter

An eine Freundin

Briefwechsel mit Johann Wilhelm Ludwig Gleim

Wilhelm Müller

DER LINDENBAUM

* 1794 in Dessau
† 1827 in Dessau

Wilhelm Müller

„ Der Lindenbaum

Am Brunnen vor dem Tore
Da steht ein Lindenbaum:
Ich träumt' in seinem Schatten
So manchen süßen Traum.

Ich schnitt in seine Rinde
So manches liebe Wort;
Es zog in Freud und Leide
Zu ihm mich immer fort.

Ich musst' auch heute wandern
Vorbei in tiefer Nacht,
Da hab ich noch im Dunkel
Die Augen zugemacht.

Und seine Zweige rauschten,
Als riefen sie mir zu:
Komm her zu mir, Geselle,
Hier findst du deine Ruh!

Die kalten Winde bliesen
Mir grad ins Angesicht,
Der Hut flog mir vom Kopfe,
Ich wendete mich nicht.

Nun bin ich manche Stunde
Entfernt von jenem Ort,
Und immer hör ich's rauschen:
Du fändest Ruhe dort!

HÖREN:

Die Linde ist ein Sinnbild der Liebe und der Gerechtigkeit. Ein Baum des Volkes, unter dessen schattenspendendem Laub viele Jahrhunderte geruht, gesprochen, getanzt, geliebt, geschlichtet und gerichtet wurde. Sie kann über 1000 Jahre alt werden – und so ragen heute die Kronen alter Dorflinden, Gerichtslinden und Tanzlinden in den Himmel, deren Wurzeln bis ins Mittelalter zurückreichen.

Ein kühlender und schützender Treffpunkt unter herzförmigen Blättern und duftenden Blüten an den Ästen. Ihnen wird eine heilende Wirkung auf den Menschen zugesprochen, die Kraft, Leid zu mindern und Linde-rung zu verschaffen.

Wilhelm Müller beschreibt seinen Lindenbaum als einen Sehnsuchtsort der „Ruhe“, als ein Refugium „in Freud und Leide“. 1824 veröffentlicht er das Gedicht erstmals in dem Zyklus „Wanderlieder von Wilhelm Müller. Die Winterreise. In zwölf Liedern.“ Das Motiv des Wanderns – als Bild für innere Unruhe und für die Sehnsucht in die Weite und Ferne – durchzieht die Literatur der Romantik und auch das Werk des 1794 in Dessau geborenen Dichters: Das Wandern ist des Müllers Lust.

In der Abgrenzung zur vernunftgesteuerten Aufklärung betonen die romantischen Dichterinnen und Dichter Anfang des 19. Jahrhunderts das Gefühlsleben der Menschen – ihre Sehnsüchte, Leidenschaften, Ängste, ihren Weltschmerz. Die Natur ist ein Gegenpol zu den industriell wachsenden Städten, sie dient als idealisierter Zufluchtsort – Reisen und Wanderungen in der Natur machen diese intensiv erlebbar. Die Wahrnehmung für ihre wundervollen Erscheinungen wird geschärft und auch das eigene emotionale

Innenleben spürbarer. Der empfindsame Mensch und die Natur bilden eine Einheit. Ebenso zeigt die romantische Literatur äußere Vorgänge in der Natur als Spiegelung seelischer Vorgänge.

Wilhelm Müller poetisiert in „Der Lindenbaum“ eine solche Beziehung zwischen Individuum und Natur, indem er die Bedeutung eines Baumes für eine Person offenbart. Diese Linde steht am Rande der Zivilisation – „[a]m Brunnen vor dem Tore“. Das lyrische Ich reflektiert Momente, in denen der Baum ihm „immer“ wieder – in heiterer und trüber Stimmung – ein schattengebender Rückzugsort der Ruhe war. Der es verleitet hat zum Verweilen und „süßen“ Träumen und „in seine Rinde / So manches liebe Wort“ zu schnitzen. Die Nähe zur Linde löste positive Gedanken und Gefühle aus. Aber vermag der Lindenbaum die innere Unruhe des lyrischen Ichs fortwährend zu stillen?

Ab der dritten Strophe beschreibt der Dichter ein Erlebnis des gegenwärtigen Tages. „Ich musst’ auch heute wandern / Vorbei in tiefer Nacht.“ In der Dunkelheit passierte das rastlose lyrische Ich den Baum erneut. Mit geschärftem Gehörsinn deutete es das Rauschen der „Zweige“ als Aufforderung zu verweilen. „Komm her zu mir, Geselle, / Hier findst du deine Ruh!“

Anstatt beim Lindenbaum zu bleiben, wanderte das lyrische Ich in unwirtlich windigem Wetter weiter, die natürlichen „kalten Winde“ wehten ihm entgegen und den „Hut“ aus der Zivilisation vom Haupt. Ein Wink, besser auf die starken Zeichen der Natur zu hören und bei der Linde Seelenruhe zu suchen?

Das lyrische Ich entfernte sich weiter, lief gegen den Wind, und die Rastlosigkeit setzte sich fort: „Ich wendete mich nicht.“

Zum Ende des Gedichts wechselt Wilhelm Müller ins Präsens, schließt mit der gegenwärtigen Situation des lyrischen Ichs – es befindet sich mittlerweile in größerer Distanz zu „jenem Ort“. Die Linde bleibt weiterhin sehnsüchtig präsent. Der Dichter wählt den Konjunktiv, das Versprechen der Ruhe bleibt nachdrücklich seitens der Natur – oder die intensive Hoffnung des Menschen. „Und immer hör ich’s rauschen: / Du fändest Ruhe dort!“

So bleibt der Traum bestehen, zur Seelenruhe unter dem Lindenbaum zurückzufinden – im Leben oder in einer romantischen Todesvision.

Johann Ludwig Wilhelm Müller ist dreißig Jahre alt, als er den Gedichtzyklus „Die Winterreise“ 1824 veröffentlicht. Der Sohn eines Schneidermeisters gehört in dieser Zeit zu den angesehensten deutschen Lyrikern – drei Jahre später stirbt er in seiner Geburtsstadt Dessau überraschend infolge eines Herzinfarkts.

Seine Leidenschaft gilt der Sprache, in seiner Heimatstadt schreibt er als Schüler die ersten Gedichte. 1812 zieht er nach Berlin und studiert Philologie, Germanistik und Englisch. Auch als er sich im darauffolgenden Jahr freiwillig zum Militär meldet und an den Befreiungskriegen gegen Napoleon teilnimmt, beschreibt er seine Gedanken und Gefühle in Tagebüchern und Versen. Zurück in Berlin besucht er literarische Salons und tritt dort in Kontakt mit Achim von Arnim, Clemens Brentano und dem Komponisten Ludwig Berger, der einige seiner spielerisch-volksliedhaften Gedichte vertont.

Unerwiderte Liebe verwandelt Wilhelm Müller in Lyrik, formuliert vermehrt Gesellschaftskritik; er schreibt auch Prosa, Novellen, veröffentlicht kulturjournalistische Artikel und übersetzt englische Literatur ins Deutsche.

Den Baron Albert von Sack begleitet er 1817 auf eine Bildungsreise – lernt Wien kennen, Rom, Neapel, Pompeji und Florenz. Das Reisen ist des Müllers Lust. Seine Eindrücke abseits der Heimat bringt er ebenfalls zu Papier und verfasst in dieser Zeit auch das Gedicht „Wanderschaft". 1819 kehrt er nach Dessau zurück und unterrichtet dort an der Herzoglichen Gelehrtenschule. Adelheid Basedow wird seine Ehefrau und Mutter seiner beiden Kinder. In Dessau steigt er zum herzoglichen Bibliothekar und Hofrat auf, und er arbeitet mit dem liberalen Leipziger Verleger Friedrich Arnold Brockhaus zusammen.

Müllers Denken ist weltoffen, freiheitsliebend – in Briefen und seinen Tagebüchern beklagt er während der 1820er-Jahre zunehmende Zensur, Kontrollen und Verbote in den deutschen Staaten. Auf die Hoffnungen der Befreiungskriege folgte die Enttäuschung über die freiheitsraubende Zeit der Restauration. Der Dichter leidet unter dem geistigen Klima, in dem er seinen Idealen nicht frei folgen kann. Er ist überarbeitet, stößt körperlich und seelisch an Grenzen.

Bis kurz vor seinem Tod 1827 reist und wandert er – auch in seiner Lyrik: „Die Winterreise" entsteht, bei der die kalte Jahreszeit auch als Metapher für das politische Klima gelesen werden kann. Die Atmosphäre um den „Lindenbaum" verdüstert sich im Laufe des Gedichts, und das lyrische Ich verschließt im Vorbeigehen die Augen. Das vermeintlich harmlose romantische Motiv des Wanderns wird des Müllers List, mit der er die Zensur umgeht, ihr vielleicht entkommt.

„Und immer hör ich's rauschen: / Du fändest Ruhe dort!"

Durch die Vertonung Franz Schuberts wird „Der Lindenbaum" zum Volkslied.

LESEN:

Wanderschaft

Rom, Römer und Römerinnen

Gute Nacht

Eduard Mörike

ER IST'S

* 1804 in Ludwigsburg
† 1875 in Stuttgart

Eduard Mörike

„Er ist's

Frühling lässt sein blaues Band
Wieder flattern durch die Lüfte;
Süße, wohlbekannte Düfte
Streifen ahnungsvoll das Land.
Veilchen träumen schon,
Wollen balde kommen.
– Horch, von fern ein leiser Harfenton!
Frühling, ja du bist's!
Dich hab' ich vernommen!

HÖREN:

„Frühling lässt sein blaues Band / Wieder flattern durch die Lüfte“.

Es ist die Jahreszeit, in der Pflanzen und Tiere aus ihrer Winterruhe erwachen. Die Tage werden länger, Sonnenlicht und steigende Temperaturen lassen die Natur sprießen und das Tierreich seine Lebendigkeit entfalten. Im März, April und Mai wird die Kraft der Natur in ihrer ganzen Pracht für den Menschen spürbar. Sie wird sichtbar, hörbar, riechbar – greifbar. 1829 poetisiert Eduard Mörike die vielfältigen Sinneseindrücke im aufkeimenden Frühling und verkündet im Titel dessen Wiederkehr: Er ist’s.

Ein „blaues Band“ wählt der Dichter als ersten Vorboten, dessen „[F]lattern durch die Lüfte“ die Ankunft des „Frühling[s]“ erahnen und ihn lebendig erscheinen lässt. Dieser zeigt seine Farben, ist zu sehen und zu hören, verströmt vertraute Gerüche. Er kündigt sich am Himmel und in der Luft an. Am Boden tauchen Blumen, „Veilchen“ auf. Noch „träumen“ sie, doch sie „[w]ollen balde kommen.“ Der Frühling scheint unmittelbar bevorzustehen.

Im siebten Vers ist die Beschreibung der wahrgenommenen Umwelt dann mit einem Gedankenstrich unterbrochen, und das lyrische Ich lenkt die Aufmerksamkeit nachdrücklich auf einen erklingenden „Harfenton“. Ein weiterer und eindeutiger Frühlingsbote. Nun ist es sich sicher: „Frühling, ja du bist's!“ Der Dichter rückt diesen Vers ein – wie ein Innehalten, auf das die erleichterte Bestätigung folgt – und bildet dabei einen Reim mit der Titelzeile „Er ist's“. Zum Ende bekräftigt das lyrische Ich den Ausruf noch einmal. „Dich hab' ich vernommen!“ Die ersehnte Jahreszeit ist eingetroffen.

Eduard Mörike bildet das Erwarten des Frühlings auch im Sprachmuster seines Gedichts ab. Anfangs erstrecken sich die Sätze über zwei Zeilen, zum Ende formuliert er jeweils einzeilig mit Ausrufezeichen. Der personifizierte

Frühling scheint sich langsam anzunähern. Der Mensch sieht ihn erst, dann hört er, schließlich riecht er ihn.

Das Gedicht umweht eine Atmosphäre durchweg positiver Erwartung, eine spielerisch sanfte Spannung, die sich kraftvoll und freudig entlädt – in dem Moment der Erkenntnis, dass der angekündigte Frühling endgültig da ist.

So idyllisch und konfliktfrei wie Mörike die frische Frühlingslandschaft in „Er ist's" beschreibt, verläuft sein Leben nicht. 1804 wird er als Sohn einer Pfarrerstochter und eines Amtsarztes in Ludwigsburg geboren – als siebtes von dreizehn Kindern. Sechs seiner Geschwister sterben jung, und auch sein Vater stirbt, als Eduard Mörike dreizehn Jahre alt ist. Die Leichtigkeit seiner Kindheit endet abrupt.

In Stuttgart besucht er das Gymnasium. Er erfüllt den Wunsch der Mutter und wird evangelischer Pfarrer. Ab 1822 studiert er Theologie in Tübingen, und seine Leidenschaft für Literatur wird geweckt. Seinen Schmerz über eine unglückliche Liebe verarbeitet er lyrisch in einem ersten Gedichtzyklus. Beim Schreiben und Zeichnen findet der Anfang Zwanzigjährige einen Weg sich auszudrücken – Krankheiten und Schwermut begleiten ihn zeitlebens.

Eduard Mörike sieht sich mehr als Dichter denn als Pfarrer, und so beginnt für ihn nach bestandenem Theologieexamen eine Lebensphase, die er „Vikariatsknechtschaft" nennt.

Lieber dichtet er: in Pfarrhäusern und Pfarrgärten, im Wald und auf dem Feld – Jahr um Jahr. „Frühling lässt sein blaues Band / Wieder flattern durch die Lüfte". 1832 veröffentlicht er das Gedicht in seiner ersten Novelle „Maler Nolten".

Die Widersprüche in Mörikes Biografie, seine Zerrissenheit bei Lebens- und Liebesentscheidungen, werden Themen seines literarischen Werks. Er schreibt Lyrik und Prosa über Verlust und psychisches Leiden, Schwierigkeiten bei der Berufswahl, über die Liebe und mit ihr verbundenen Kummer, finanzielle Sorgen und Perspektivlosigkeit, über familiäre Verantwortungen und die Existenz als Künstlerpersönlichkeit.

Und immer wieder schreibt er über die Natur – ihre bunte Lebendigkeit, als Schauplatz der Liebe und als Metapher für den stetigen Fortlauf des Lebens. Farbenfrohe Frühlingsgefühle und Ruhe in dunkler Nacht.

Der Landschaft Schwabens bleibt er immer treu. Mit seinem Beruf als Pfarrer wird er nie identisch, und so lässt er sich, nachdem er in zwölf schwäbischen Gemeinden tätig war, im Alter von 39 Jahren pensionieren. 1851 heiratet er eine katholische Offizierstochter, die beiden werden Eltern zweier Töchter. Er verdient den Lebensunterhalt für die Familie als Lehrer und später als Professor für Literatur. Im Juni 1875 stirbt er in Stuttgart im Alter von 70 Jahren.

Eduard Mörike – Dichter und Denker zwischen Romantik und Biedermeier. Ein Träumender. Er ist's.

In seiner Novelle lässt er den Protagonisten Maler Nolten über die Kunst reflektieren: „Ist sie denn was anders, als ein Versuch, das zu ersetzen, zu ergänzen, was uns die Wirklichkeit versagt (…)?“

LESEN:

Maler Nolten

Septembermorgen

Mozart auf der Reise nach Prag

Marie von Ebner-Eschenbach

SOMMERMORGEN

* 1830 auf Schloss Zdislawitz/Mähren, heute Tschechische Republik
† 1916 in Wien/Österreich

Marie von Ebner-Eschenbach

„Sommermorgen

Auf Bergeshöhen schneebedeckt,
Auf grünen Hügeln weitgestreckt
Erglänzt die Morgensonne;
Die tauerfrischten Zweige hebt
Der junge Buchenwald und bebt
Und bebt in Daseinswonne.

Es stürzt in ungestümer Lust
Herab aus dunkler Felsenbrust
Der Gießbach mit Getose,
Und blühend Leben weckt sein Hauch
Im stolzen Baum, im niedren Strauch,
In jedem zarten Moose.

Und drüben wo die Wiese liegt,
Im Blütenschmuck, da schwirrt und fliegt
Der Mücken Schwarm und Immen.
Wie sich's im hohen Grase regt
Und froh geschäftig sich bewegt,
Und summt mit feinen Stimmen.

Es steigt die junge Lerche frei
Empor gleich einem Jubelschrei
Im Wirbel ihrer Lieder.
Im nahen Holz der Kuckuck ruft,
Die Amsel segelt durch die Luft
Auf goldenem Gefieder.

O Welt voll Glanz und Sonnenschein,
O rastlos Werden, holdes Sein,
O höchsten Reichtums Fülle!
Und dennoch, ach – vergänglich nur
Und todgeweiht, und die Natur
Ist Schmerz in Schönheitshülle.

HÖREN:

„Eine gescheite Frau hat Millionen geborener Feinde: – alle dummen Männer.“

Die Gleichstellung von Frauen und Männern ist für die österreichische Schriftstellerin Marie von Ebner-Eschenbach im 19. Jahrhundert ein wichtiges Anliegen, ein Lebensthema.

Sie provoziert – mit Intelligenz und Humor. Sie stört – mit emanzipatorischen Forderungen, wie etwa der nach gleicher Bildung für Mädchen und Jungen. Sie kritisiert und belächelt – die kleinkarierte Gesellschaft, die Kirche, den Adel. Sie kämpft – für die Rechte von Frauen, für den Tierschutz und gegen das Gedankengut rechtskatholischer Kreise.

Marie von Ebner-Eschenbach ist eine genaue Beobachterin. Sie, die Baronin, die den Adel kritisch betrachtet, bewegt sich in Spannungsfeldern und ist sich der Widersprüchlichkeiten des Lebens bewusst. In ihrem literarischen Werk lotet sie menschliche Stärken und Schwächen aus und zeichnet ein realistisches Bild der Gesellschaft ihrer Zeit.

Das Gedicht „Sommermorgen“ veröffentlicht sie 1893 im Alter von 63 Jahren und beleuchtet darin die sommerliche Natur in ihrer vollen Pracht.

Der Blick des lyrischen Ichs schweift durch eine morgendliche Landschaft und fängt die vielfältigen Eindrücke von Flora und Fauna ein, zwischen „Bergeshöhen schneebedeckt“, „Gießbach“, „Wiese“ und dem „zarten Moose“. Es fliegen „Mücken“, eine „Lerche“, „Amsel“ – alles blüht oder bewegt sich im Glanz der „Morgensonne“.

Die Natur strotzt vor Lebendigkeit, das Vokabular vor Heiterkeit. Voller Schönheit erscheint die Natur auf dem Höhepunkt ihrer Entfaltung und „bebt in Daseinswonne“. Der Tag ist noch jung, die personifizierte Umwelt wird als verspielt und durchdrungen von „ungestümer Lust“ beschrieben, als „blühend Leben“.

Die Sonne erweckt, der Bach belebt, die Bienen bestäuben, der Singvogel jubiliert. Strophe für Strophe entdeckt das lyrische Ich Neues, das „froh geschäftig sich bewegt“ – sei es „im hohen Grase“ oder in der „Luft“.

Alles scheint positiv, widerspruchsfrei. Die Geräusche sind aus „feinen Stimmen“, die Farben grün und golden.

Die Dichterin passt den Rhythmus ihrer Worte dem quirligen Tempo der Naturabläufe an und kreiert eine Atmosphäre von Staunen und Begeisterung über diesen prachtvollen „Sommermorgen“.

In der letzten Strophe reflektiert das lyrische Ich seine vorangegangenen Wahrnehmungen, resümiert sie mit einem euphorischen Ausruf: „O Welt voll Glanz und Sonnenschein, / (...) O höchsten Reichtums Fülle!“

Auf diesem Gipfel der Begeisterung bricht sie. Die Dichterin lenkt den Blick in Richtung Endlichkeit, das Glücksempfinden des lyrischen Ichs durchfährt seufzend die Erkenntnis: „Und dennoch, ach – vergänglich nur / Und todgeweiht, und die Natur / Ist Schmerz in Schönheitshülle.“

Da ist er, der Widerspruch im Glück. Oder dessen Möglichmacher: das Wissen um die Vergänglichkeit. Ein Morgen vergeht, ein Tag vergeht, eine Jahreszeit, ein Leben.

„Der Gedanke an die Vergänglichkeit der Dinge ist ein Quell unendlichen Leids und ein Quell unendlichen Trostes.“

Die Erkenntnis der unausweichlichen Vergänglichkeit durchdringt Marie von Ebner-Eschenbach im Kindesalter. Als Baroness Marie Dubský von Třebomyslice wird sie 1830 auf Schloss Zdislawitz in Mähren geboren. Kurz darauf stirbt ihre Mutter, und ihre erste Stiefmutter stirbt, als das Mädchen sieben Jahre alt ist.

Gräfin Xaverine von Kolowrat-Krakowsky wird die dritte Ehefrau ihres Vaters. Sie ist hochgebildet und kunstsinnig und zeigt Marie die Welt der Literatur und das Bühnengeschehen im Wiener Burgtheater. Sie erkennt und bestärkt das schriftstellerische Talent des Mädchens.

1848 heiratet die 18-jährige Marie ihren Cousin Baron Moritz von Ebner-Eschenbach, einen Professor für Physik und Chemie, in den sie sich im Alter von 14 Jahren verliebt hatte. Er unterstützt ihre Ambitionen, Schriftstellerin zu werden, und ist während der fünfzig Ehejahre ihr wichtigster Dialogpartner.

Sie schreibt Aphorismen, Gesellschaftsstücke und Lustspiele fürs Theater, satirisch setzt sie sich mit dem Standesdünkel des Adels auseinander, mit dessen Ignoranz gegenüber der Not ärmerer Bevölkerungsgruppen.

Zum Ende der 1870er-Jahre lässt Marie von Ebner-Eschenbach sich zur Uhrmacherin ausbilden. Mit ihrem Roman „Lotti, die Uhrmacherin“ gelingt ihr 1880 der Durchbruch als Schriftstellerin, im selben Jahr erscheint ihr erster Aphorismenband, und die 50-Jährige avanciert zur Kultautorin. Ihre psychologischen Erzählungen erregen Aufmerksamkeit, ihr Anliegen spricht aus ihrem Werk: die Gleichstellung von Frauen und Männern.

„Wenn eine Frau sagt ‚jeder‘, meint sie: jedermann. Wenn ein Mann sagt ‚jeder‘, meint er: jeder Mann.“

Die Vertreterin des Realismus wagt die literarische Auseinandersetzung mit tabuisierten Themen, sie schreibt über Ehebruch, Vergewaltigung und Suizid, äußert Kritik an der Institution Kirche.

Und sie schreibt Gedichte. 1893 veröffentlicht sie die Sammlung „Aphorismen, Parabeln, Märchen und Gedichte“, darin auch „Sommermorgen“. Mehr als sechzig Sommer hat Marie von Ebner-Eschenbach zu diesem Zeitpunkt schon erlebt, die Jahreszeit „voll Glanz und Sonnenschein“. Und auf alle folgte stets der Herbst, „ach – vergänglich nur“.

Das Bewusstsein der Endlichkeit verleiht dem Schönen im Leben einen besonderen Wert und Reiz.

Marie von Ebner-Eschenbach ist erfolgreich und hochgeachtet zugleich – sie erhält den höchsten zivilen Orden Österreichs, und im Jahr 1900 wird ihr als erster Frau das Ehrendoktorat der Universität Wien verliehen.

1916 stirbt sie im Alter von 85 Jahren in Wien und wird in der Familiengruft der Grafen Dubský in Zdislawitz beigesetzt.

Ihr Blick auf die Natur, ihre Gedanken über die Vergänglichkeit sind mehr als einhundert Sommer später noch lebendig, die Forderung einer Gleichstellung der Geschlechter aktuell. Widersprüche bleiben, müssen manchmal ausgehalten und manchmal überwunden werden – zwischen Mensch und Mensch und Natur.

„‚Man kann nicht allen helfen‘, sagt der Engherzige und hilft keinem.“

LESEN:

Krambambuli

Lotti, die Uhrmacherin

Sankt Peter und der Blaustrumpf

Theodor Storm

HERBST

* 1817 in Husum
† 1888 in Hanerau-
Hademarschen

Theodor Storm

„Herbst

1

Schon ins Land der Pyramiden
Flohn die Störche übers Meer;
Schwalbenflug ist längst geschieden,
Auch die Lerche singt nicht mehr.

Seufzend in geheimer Klage
Streift der Wind das letzte Grün;
Und die süßen Sommertage,
Ach, sie sind dahin, dahin!

Nebel hat den Wald verschlungen,
Der dein stillstes Glück gesehn;
Ganz in Duft und Dämmerungen
Will die schöne Welt vergehn.

Nur noch einmal bricht die Sonne
Unaufhaltsam durch den Duft,
Und ein Strahl der alten Wonne
Rieselt über Tal und Kluft.

Und es leuchten Wald und Heide,
Dass man sicher glauben mag,
Hinter allem Winterleide
Lieg' ein ferner Frühlingstag.

2

Die Sense rauscht, die Ähre fällt,
Die Tiere räumen scheu das Feld,
Der Mensch begehrt die ganze Welt.

3

Und sind die Blumen abgeblüht,
So brecht der Äpfel goldne Bälle;
Hin ist die Zeit der Schwärmerei,
So schätzt nun endlich das Reelle!

HÖREN:

Herbst, Sommer, Winter, Frühling. Sie alle finden 1848 in Theodor Storms Gedicht „Herbst“ Erwähnung – im Titel kündigt der Dichter an, welcher der vier Jahreszeiten er seine Verse widmet.

Zunächst entwirft er das Bild herbstlicher Atmosphäre, indem er beschreibt, was „längst geschieden“ ist: Die Zugvögel sind in den Süden geflogen und „[a]uch die Lerche singt nicht mehr.“ Die Abwesenheit der Tiere bezeugt die Anwesenheit des Herbstes. „Seufzend“ macht der sich als „Wind“ bemerkbar, und das „letzte Grün“ zeigt die letzten Spuren des Sommers.

Der Kontrast zwischen den positiv konnotierten „süßen Sommertage[n]“ und der „Klage“ des Herbstes mündet in einen Seufzer des lyrischen Ichs: „Ach, sie sind dahin, dahin!“ Vorbei ist die Zeit sommerlicher Schönheit und Leichtigkeit. Stattdessen liegt eine Schwere in der Luft, denn „Nebel hat den Wald verschlungen“. Das lyrische Ich wendet sich erstmals an ein lyrisches Du – es weiß um die Bedeutung des Ortes, an dem „dein stillstes Glück“ zu sehen war.

Der Lebensbereich verdunkelt sich. Doch ein letzter intensiver „Strahl“ der „Sonne“ weckt Hoffnung, und diese Hoffnung erhellt die Stimmung, bringt Leichtigkeit zurück. Das Vokabular wird positiver, denn „es leuchten Wald und Heide“, sodass „man“ zuversichtlich „glauben mag, / Hinter allem Winterleide / Lieg’ ein ferner Frühlingstag“. Mit diesem sanftmütigen Gedanken an die Zukunft endet der erste Teil.

Der zweite beginnt mit einem Rhythmuswechsel und führt die Lesenden mitten auf „das Feld“ – Herbst, die Zeit der Ernte. „Die Sense rauscht, die Ähre fällt“. Kurze Sätze im Stakkato beschreiben den Eingriff des Menschen in die Natur, die „Tiere“ weichen, denn er „begehrt die ganze Welt“.

Herbst, die Zeit des Loslassens.

Zum Ende des Gedichts fordert das lyrische Ich zu einem Perspektivwechsel auf. Zwar ist der Sommer vorbei, es „sind die Blumen abgeblüht“ – doch statt ihm weiter mit Wehmut nachzuhängen, lenkt es den Blick auf „der Äpfel goldne Bälle“, die im Herbst gepflückt werden können. Früchte, schön und wertvoll wie Gold. Auch die Laubverfärbung kann einen solchen Glanz hervorbringen.

Die letzten beiden Verse sind ein Appell an alle, nicht sehnsüchtig von Vergangenem zu träumen, sondern die Vorzüge des tatsächlich Vorhandenen hoch zu achten – bekräftigt mit einem Ausrufezeichen. „Hin ist die Zeit der Schwärmerei, / So schätzt nun endlich das Reelle!“

Die Natur im Wandel der Jahreszeiten – und auch der Mensch im Wandel seines Lebens. Frühling und Sommer – die Zeit der Jugend und der Träume; der rauere Herbst – die Zeit der Realitäten. Mit den Werten, die wirklich und lebbar sind. Auch der reifer werdende Mensch wird realistischer. Die Stärke des Herbstes liegt im Einfahren der Ernte, er bringt die Früchte. Gleichzeitig ist es die Zeit, in der – mit Glück – manche Träume realisiert sind.

Der Jurist Theodor Storm veröffentlicht das Gedicht 1848 im Alter von Anfang dreißig. Er lebt mit seiner Ehefrau Constanze in seinem schleswig-holsteinischen Geburtsort Husum. Dort arbeitet er, wie sein Vater, als Rechtsanwalt – und er schreibt, über die Liebe und die Heimat: Gedichte, Märchen, Sagen und Lieder.

Politisch ist es die Zeit der deutschen Revolution, literarisch die, in der die Epoche der Romantik vom Realismus abgelöst wird.

„Hin ist die Zeit der Schwärmerei, / So schätzt nun endlich das Reelle!“

1849 erscheint seine Novelle „Immensee“, die melancholische Rückschau eines Mannes auf seine Jugendliebe, mit der Storm berühmt wird. Als Jurist engagiert er sich für die nationale Unabhängigkeit Schleswig-Holsteins von Dänemark – mit der Konsequenz, dass ihm 1852 in seiner Heimat die Zulassung als Rechtsanwalt entzogen wird. Storms emotionale Verbundenheit mit seiner Geburtsstadt ist tief, er widmet Husum eine poetische Würdigung. „Doch hängt mein ganzes Herz an dir, / Du graue Stadt am Meer.“

Mit seiner Frau und den gemeinsamen Kindern zieht er nach Potsdam und Heiligenstadt, arbeitet dort als Gerichtsassessor und Kreisrichter.

Er findet Anerkennung in den literarischen Kreisen Berlins. Doch die Sehnsucht nach seinem Zuhause an der Nordsee ist groß. In der preußischen Fremde beschreibt er sein Heimweh in Briefen an seine Eltern, es findet Ausdruck im Gedicht „Meeresstrand" – über die einzigartige Landschaft des Wattenmeeres mit seinen Halligen. „Wie Träume liegen die Inseln / Im Nebel auf dem Meer."

Als Dänemark 1864 im Deutsch-Dänischen Krieg unterliegt, kehrt Theodor Storm ins nun deutsche Husum zurück. Er wird zum Landvogt, später Amtsrichter, gewählt und mit seiner Lyrik und Prosa zu einem bedeutenden Vertreter des poetischen Realismus.

Viele seiner Geschichten umgibt eine düstere Stimmung, selten finden die Menschen darin ihr Glück. Die Liebe macht er immer wieder zum Thema seiner Gedichte.

Theodor Storm begeistert die Schönheit der Natur. Naturbeschreibungen durchziehen sein Werk. Pflanzen- und Tierwelt dienen ihm als Inspirationsquelle, und immer wieder ist die Natur Metapher für politische, gesellschaftliche und psychologische Vorgänge.

In „Die Regentrude" bedroht eine verhängnisvolle Dürre die Umwelt: „Einen so heißen Sommer, wie nun vor hundert Jahren, hat es seitdem nicht wieder gegeben. Kein Grün fast war zu sehen; zahmes und wildes Getier lag verschmachtet auf den Feldern." Der politisch aufgewühlten Zeit begegnet Storm vermehrt mit dem Schreiben von Märchen.

1880 lässt er sich vom Richteramt pensionieren. Als Dichter bleibt er auch im Herbst seines Lebens aktiv.

Die letzte und berühmteste Novelle „Der Schimmelreiter" veröffentlicht er 1888, wenige Monate bevor er im Alter von 70 Jahren an Magenkrebs stirbt. Handlungsort der Geschichte ist die nordfriesische Küstenregion, Themen sind der Konflikt um Deichbauarbeiten, Küstenschutz, Fortschrittswahn und eine Sturmflut, die Menschen in den Tod reißt.

Theodor Storm wird in der Familiengruft auf dem Husumer St.-Jürgen-Friedhof begraben.

„Doch hängt mein ganzes Herz an dir, / Du graue Stadt am Meer."

LESEN:

Meeresstrand

Die Stadt

Die Regentrude

Christian Morgenstern

EINEM BERGE

* 1871 in München
† 1914 in Meran,
in Südtirol/Italien

Christian Morgenstern

„Einem Berge

Du, Berg, bist gut. Auf deinen Matten ruht
Das Auge gern und gern auf deinem Wald;
Du bist nicht hoch noch stattlich von Gestalt,
Doch macht dein sanfter Reiz dem Träumer Mut.

Die Sonne liegt auf deiner breiten Brust
Den langen Tag; du gibst sie uns zurück;
Und über deinem gütevollen Glück
Entlässt das Herz die letzte böse Lust.

HÖREN:

Berge haben eine große Bedeutung im Leben von Christian Morgenstern. Sie sind Orte seiner Kindheit und seiner Krankheit. **1871 wird Christian Otto Josef Wolfgang Morgenstern in München in eine Künstlerfamilie geboren. Sein Großvater und Vater sind Landschaftsmaler, seine Mutter, die Tochter eines Landschaftsmalers, ist Klavierspielerin.** Wann immer die Jahreszeit es ermöglicht, im Freien zu malen, verweilt die Familie in Dörfern nahe der oberbayerischen Gebirgsseen. Der Junge spielt in freier Natur und lernt an der Staffelei seines Vaters, die Umwelt zu beobachten. Seine unbeschwerte und liebevolle Kindheit endet, als er neun Jahre alt ist und die Mutter an Tuberkulose stirbt.

Seine Jugend ist geprägt von Unruhe und Rastlosigkeit – vom Wechsel der Wohnorte, der Schulen und Studienorte, von Konflikten mit seinem Vater.

Die Krankheit der Mutter bestimmt das Schicksal des Sohnes, 1893 bricht auch bei ihm die Tuberkulose aus. Von Bergen umgeben verbringt er zahlreiche Kur- und Sanatoriumsaufenthalte: Bad Reinerz, Davos, Bozen, Arosa.

Die Freude am Reisen ist eine Konstante in seinem Leben – die Liebe zum Meer und zu den Bergen: Föhr, Sylt, Helgoland. Norwegen. Österreich, Schweiz, Italien.

Er beschäftigt sich mit den Schriften Arthur Schopenhauers und Friedrich Nietzsches, und Sprache wird sein Ausdrucksmittel. In Berlin entscheidet er sich Ende des 19. Jahrhunderts für ein Leben als freier Schriftsteller. Er schreibt feuilletonistische Beiträge für Zeitschriften, arbeitet als Lektor, übersetzt die skandinavischen Dramatiker August Strindberg und Henrik Ibsen ins Deutsche.

Und er schreibt Gedichte. Christian Morgenstern wird zum Pionier humoristischer Lyrik – seine „Galgenlieder“ machen ihn 1905 berühmt. Er jongliert mit Buchstaben und Worten, dichtet Verse über Möwen namens Emma und lässt das Perfekt und Imperfekt beim Sekttrinken auf das Futurum anstoßen. Er reimt humoristisch hintersinnig, skurril und absurd – Morgenstern erfindet das Mondschaf und das Nasobēm und Herrn Palmström mit dessen Erkenntnis, dass „nicht sein kann, was nicht sein darf".

Die humoristischen Verse sind seine bekanntesten, der Dichter selbst erachtet sie als „Beiwerkchen". Ein wichtiges und wiederkehrendes Motiv ist dic Natur.

Im Laufe des Lebens wird seine Poesie vergeistigter, innerlicher.

Die Inhalte und Atmosphären seiner Lyrik sind breitgefächert, er bewegt sich zwischen Freude und Melancholie – heitere und ernste Gedichte wechseln sich ab.

Gesundheitlich folgt bei ihm auf jede unbeschwertere Phase wieder eine, in der die Krankheit die äußeren Abläufe seines Lebens massiv bestimmt. Leid begegnet er, wenn möglich, mit Humor. „Es gibt nur eine Rettung: Vor dem Ekel muss man sich durch Lachen schützen."

Einen Großteil seiner Gedichte verfasst Christian Morgenstern – in Kliniken und Sanatorien – umgeben von Bergen.

„Du, Berg, bist gut." Die alpine Landschaft und Luft sind Balsam für seine Lungen. Abseits der Städte sind die Berge schützende Kameraden, geben ihm innere Ruhe und Kraft. Immer wieder würdigt er sie gefühlvoll in seiner Dichtung.

„Einem Berge" veröffentlicht er 1910 in seinem Gedichtband „Die Einkehr", im Alter von 39 Jahren. Er findet darin Worte für die besondere Beziehung zu einem Berg, beschreibt dessen treues und gebendes Dasein. „Du, Berg, bist gut."

Das lyrische Ich spricht diesen direkt an, lobt seine stolze und sanftmütige Ausstrahlung. „Auf deinen Matten ruht / Das Auge gern und gern auf deinem Wald." Weder „hoch noch stattlich von Gestalt", geht eine beruhigende Wirkung von ihm aus, „macht [s]ein sanfter Reiz dem Träumer Mut". Ihn anzusehen gibt Ruhe und Zuversicht.

Als kraftvoll nimmt das lyrische Ich den Berg wahr, sonnenbeschienen, mit einer „breiten Brust". Er erwartet nichts, er fordert nichts – im Gegenteil, er schenkt: Die dem Berg bescherten Sonnenstrahlen, „du gibst sie uns zurück". Darüber hinaus versetzt er Betrachtende in einen Zustand innerer Friedlichkeit. Dem „gütevollen Glück" des Berges steht die „letzte böse Lust" des Menschen gegenüber. Er „entlässt" sie und erleichtert das „Herz".

Die Sanftmut und Stille des Berges übertragen sich; seine Macht und Kraft greifen nicht an, sie erden. Eine Begegnung mit der Ewigkeit.

Christian Morgenstern geben die Berge Halt.

Den sucht der unheilbar kranke Dichter in seinen letzten Lebensjahren auch in der Mystik – und Antworten auf die Frage nach dem Sinn des Lebens. In der Anthroposophie findet er beides und in Rudolf Steiner einen Freund.

Halt findet er auch in der Liebe – 1910 heiraten Christian Morgenstern und die Anthroposophin Margareta Gosebruch von Liechtenstern.

„Ich und Du" und „Wir fanden einen Pfad" sind die Titel seiner beiden letzten Gedichtbände, die er zu Lebzeiten veröffentlicht. 1914 stirbt er im Alter von 42 Jahren in Meran – umgeben von Bergen.

LESEN:

Möwenlied

Die unmögliche Tatsache

Septembertag

Hermann Löns

DER BOHRTURM

* 1866 in Culm in Westpreußen, heute Polen
† 1914 bei Loivre in der Nähe von Reims/Frankreich

„Der Bohrturm

Es steht ein schwarzes Gespenst im Moor;
Das ragt über Bäume und Büsche empor,
Es steht da groß und steif und stumm;
Sieht lauernd sich im Kreise um.

In Rosenrot prangt das Heideland;
„Ich ziehe dir an ein schwarzes Gewand".
Es liegt das Dorf so still und klein;
„Dich mache ich groß und laut und gemein".

Es blitzt der Bach im Sonnenschein;
„Bald wirst du schwarz und schmutzig sein".
Es braust der Wald so stark und stolz;
„Dich fälle ich zu Grubenholz".

Die Flamme loht, die Kette klirrt,
Es zischt der Dampf, der Ruß, der schwirrt,
Der Meißel frisst sich in den Sand;
Der schwarze Tod geht durch das Land.

HÖREN:

Journalist und Dichter. Jäger und Heger. Naturforscher und Naturschützer. **Hermann Löns ist während der fortschreitenden Industrialisierung ein Vorkämpfer der Naturschutzidee, einer der ersten deutschen Umweltschützer.** Er verdichtet seine Beobachtungen und Eindrücke von Landschaft und Tieren literarisch, vor allem in der Lüneburger Heide.
Das technische Eingreifen des Menschen und die damit einhergehende Zerstörung der Natur lösen Besorgnis in ihm aus. Mitte des 19. Jahrhunderts wird unter niedersächsischem Heidekraut nach Erdöl gebohrt – es ist die erste erfolgreiche Erdölbohrung der Welt.

Anfang des 20. Jahrhunderts erreichen die Bohrarbeiten in Wietze, nördlich von Hannover, ihre produktivste Phase. Darauf reagiert Hermann Löns in seiner 1912 veröffentlichten Ballade „Der Bohrturm“.

„Es steht ein schwarzes Gespenst im Moor.“ Als finster und bedrohlich beschreibt der Dichter den „Bohrturm“, als übernatürlich „groß und steif und stumm“. Löns etabliert die Gefahr, die von ihm ausgeht – dessen „lauernd[e]“ Haltung und Fremdartigkeit im Lebensraum der „Bäume und Büsche“.

In der zweiten Strophe wird das turmartige Gerüst personifiziert und das Ausmaß der Bedrohung konkret. Abwechselnd folgt auf das als friedlich und schön dargestellte „Heideland“ mit seinem „Dorf so still und klein“ und „Bach im Sonnenschein“ jeweils eine direkte Rede des „Bohrturm[s]“, der seine vernichtenden Vorhaben offenlegt. Mit düsterer Prognose: „Dich mache ich groß und laut und gemein“ und „Bald wirst du schwarz und schmutzig sein“. Das letzte Wort hat hier der Turm. Noch „braust der Wald so stark und stolz; / ‚Dich fälle ich zu Grubenholz‘“.

Lautmalerisch beginnt dann die Bohrung. War der Turm anfangs noch „steif und stumm“ sind nun Bewegung und Lärm vernehmbar. „Die Flamme loht, die Kette klirrt, / (…) der Ruß, der schwirrt.“ Kurze Sätze im Takt der Bohrtechnik.

Zum Ende wird deutlich, dass die angekündigte Zerstörung längst stattfindet. „Der Meißel frisst sich in den Sand; / Der schwarze Tod geht durch das Land.“ Die Pest in einer neuen Form.

Anfang 2023 muss das Leben im nordrhein-westfälischen Dorf Lützerath dem Braunkohleabbau weichen. Tausende Menschen demonstrieren gegen die Erweiterung des Tagebaus Garzweiler. Klimaschutzaktivistinnen und Klimaschutzaktivisten besetzen das Dorf und richten ein Protestcamp gegen die Räumung ein.

Der Schaufelradbagger „frisst sich in den Sand“.

Die mediale Aufmerksamkeit ist groß, weit über die deutschen Landesgrenzen hinaus: Bilder und Videos von Demonstrierenden an der Abbruchkante, von Protest- und Blockadeaktionen, von Polizeieinsätzen und immer wieder Aufnahmen eines gigantischen Braunkohlebaggers.

Der gehört zu den größten Landfahrzeugen der Welt, 220 Meter lang, 70 Meter hoch. Er überragt alles andere im Tagebau, wird als Monstermaschine oder Metallmonster beschrieben – das „schwarze Gespenst“ des Fortschritts, der fortschreitenden Klimakrise und Naturzerstörung.

Hermann Löns wird 1866 im westpreußischen Culm als Sohn eines Gymnasiallehrers und einer Enkelin des Paderborner Hofapothekers Cramer geboren. Er ist das erste von vierzehn Kindern und wächst am Rand eines ausgedehnten Wald- und Heidegebiets auf. 1884 wird sein Vater nach Münster versetzt, wo der Junge drei Jahre später Abitur macht. Ihn interessieren Naturwissenschaften und Journalismus.

Ab 1877 studiert er in Greifswald und Göttingen. Das Abbrechen seiner Studien und sein exzessiver Alkoholkonsum führen zum Bruch mit den Eltern.

Nachdem er aus seinen ersten Arbeitsstellen entlassen wurde, gestaltet er in Hannover ab 1893 erfolgreich seinen Werdegang als Zeitungsjournalist. Er arbeitet als Reporter, Lokaljournalist, schreibt satirische Kolumnen und erste Gedichte.

Zur Jahrhundertwende erkundet der Jäger und Naturliebhaber die Lüneburger Heide und begeistert sich für diese Landschaft. Er verbringt dort viel Zeit in seiner Jagdhütte, schreibt Tier- und Jagdgeschichten, wissenschaftliche Naturbeobachtungen, Landschaftsschilderungen, Romane, Gedichte und Balladen.

Der intellektuelle Großstädter kleidet sich in weiße Anzüge, seine Weste ist aus heutiger Sicht braun. Hermann Löns' Heimatliebe geht einher mit nationalistischem, rassistischem, antisemitischem und misogynem Gedankengut. Sein Alkoholkonsum und seine Beziehungen zu Frauen sind exzessiv. Er heiratet zweimal, beide Ehen werden geschieden – dann lebt der Vater eines Sohns mit dem Kindermädchen der Familie zusammen.

Zu Beginn des Ersten Weltkriegs meldet er sich 1914 im Alter von 48 Jahren freiwillig als Soldat an die Front. Über die Erlebnisse im Schützengraben schreibt er Notizen in sein Tagebuch, verbunden mit Naturbeobachtungen: „Überall Feuer, nah und fern. Turteltaube schwingt sich in Baum am Weg, da Granaten sie aus dem Wald verjagt."

Einen Monat nach Antritt seines Militärdienstes wird er im September 1914 bei einem Sturmangriff gegen französische Truppen in Loivre bei Reims erschossen. „Der schwarze Tod geht durch das Land."

Hermann Löns ist Anfang des 20. Jahrhunderts ein Wegbereiter der Naturschutzbewegung. Er setzt sich für die Erhaltung der niedersächsischen Landschaft ein, mit ihren ausgedehnten Wald-, Wiesen und Heideflächen, deren spezifischen Charakter er entdeckte und liebte und durch sein schriftstellerisches Werk populär gemacht hat.

Mit seiner Sprache schärft Hermann Löns die Wahrnehmungsfähigkeit für die Natur, er verdichtet und verlebendigt die vielfältigen sinnlichen Eindrücke. Er zeigt ihre Schönheit und Einzigartigkeit, die Verwundbarkeit der Umwelt und ihre Beschädigung. 1910 ist er Mitgründer des Naturschutzparks Wilsede und hofft dadurch, ein Stück Landschaft vor der fortschreitenden Industrialisierung zu bewahren. In der Lüneburger Heide entsteht Deutschlands erstes Naturschutzgebiet, bis heute eines der größten.

Das „schwarze Gespenst" ist weitergezogen.

LESEN:

Grün ist die Heide

Das stille Wasser

Das ferne Land

Marie Luise Kaschnitz

AM STRANDE

* 1901 in Karlsruhe
† 1974 in Rom/Italien

Marie Luise Kaschnitz

„Am Strande

Heute sah ich wieder dich am Strand
Schaum der Wellen dir zu Füßen trieb
Mit dem Finger grubst du in den Sand
Zeichen ein, von denen keines blieb.

Ganz versunken warst du in dein Spiel
Mit der ewigen Vergänglichkeit
Welle kam und Stern und Kreis zerfiel
Welle ging und du warst neu bereit.

Lachend hast du dich zu mir gewandt
Ahntest nicht den Schmerz, den ich erfuhr:
Denn die schönste Welle zog zum Strand
Und sie löschte deiner Füße Spur.

HÖREN:

„Welle kam und (…) Welle ging“. **Marie Luise Kaschnitz wählt in ihrem Gedicht „Am Strande“ Wasserwogen als Motiv für die Vergänglichkeit und Wiederkehr menschlichen Schaffens, menschlichen Lebens.** Sie zeichnet das Bild einer Strandsituation des gegenwärtigen Tages, die das lyrische Ich zum „wieder[holten]“ Mal beobachtet hat und nun reflektiert. Es „sah“ dem lyrischen Du dabei zu, wie es am Ufer – im „Schaum der Wellen“ – mit seinem „Finger (…) Zeichen“ im „Sand“ eingrub, die sich allesamt wieder auflösten.

Als „Spiel / Mit der ewigen Vergänglichkeit“ beschreibt das lyrische Ich diesen Vorgang, bei dem das lyrische Du „ganz versunken“ immer wieder aufs Neue erschuf, was kurz darauf „zerfiel“ – vom Wasser überspült wurde. „Welle kam und (…) Welle ging “.

Spielerisch leicht scheint das lyrische Du diese Zerstörung des eigenhändig Erschaffenen, des schöpferischen Werks, erlebt zu haben. Unbeschwert von der Unbeständigkeit, frei und friedlich verbunden mit der Natur.

Das wird in der dritten Strophe deutlich, als die Dichterin die beiden miteinander in Kontakt treten lässt. „Lachend hast du dich zu mir gewandt.“ Dann legt sie das unterschiedliche Empfinden der Situation offen: Der Freude des lyrischen Dus steht der „Schmerz“ des lyrischen Ichs gegenüber. „Denn die schönste Welle zog zum Strand / Und sie löschte deiner Füße Spur.“

Während die eine Person, vielleicht ein Kind, sich gegenwartsbezogen und spielerisch auslebt, unter dem Verlust nicht leidet, sondern ihn als Chance für Neues sieht, ist die andere im selben Moment durchdrungen von der Erkenntnis der „ewigen Vergänglichkeit“.

Die Fußspuren im Sand, als Sinnbild eines Lebenswegs, sind nicht von Dauer. Dass sie verschwinden ist unausweichlich. Und die Vergänglichkeit des Menschen auch.

Alles menschliche Schaffen zeigt sich in Wellen. Sie kommen, bleiben eine Weile und gehen. Stile, Moden, Epochen, Imperien.

Die natürliche Endlichkeit wurde dem lyrischen Ich schmerzlich offenbar, als es die Unbeschwertheit und Schönheit des Moments, das lyrische Du, liebevoll beobachtete.

„Welle kam und (...) Welle ging".

Mit „Am Strande" schafft Marie Luise Kaschnitz 1935 etwas Bleibendes, ihre Lyrik hinterlässt Spuren, die auch nach fast einhundert Jahren noch sichtbar sind – gewidmet ist das Gedicht ihrer 1928 geborenen Tochter Iris Constanza, die ihre ersten Lebensjahre in Rom verbringt.

Marie Luise Freiin von Holzing-Berstett wird 1901 in Karlsruhe in eine badische Adelsfamilie geboren. Sie wächst in Potsdam und Berlin auf, wo der Vater zum Flügeladjutant Kaiser Wilhelms II. ernannt wird, die Mutter ist ausgebildete Sängerin. Beide Eltern sind musisch interessiert, und so gehören Theater- und Konzertbesuche zur großbürgerlichen Erziehung des Mädchens und dessen Geschwistern. Ab 1917 bewohnt die Familie das Schloss Bollschweil bei Freiburg.

Nach dem Abitur lässt sie sich in Weimar zur Buchhändlerin ausbilden. 1924 zieht sie nach München, wo sie in einem Verlag arbeitet und den Wiener Archäologen Guido Kaschnitz von Weinberg kennenlernt – im Jahr darauf leben und heiraten die beiden in Rom.

Nachdem 1928 ihre gemeinsame Tochter geboren wird, beginnt Marie Luise Kaschnitz, Prosa und Gedichte zu veröffentlichen, und sie verfasst Romane. Sie schreibt über menschliche Beziehungen und Konflikte, über die Liebe, die Natur, das Leben in Italien und die griechische und römische Mythologie – angeregt durch zahlreiche Studienreisen mit ihrem Mann. Ihn unterstützt sie in seiner Arbeit und kümmert sich um Familie und Haushalt. Dem Schreiben widmet sie sich als Nebensache, bei Cafébesuchen oder Zugfahrten. Oft verarbeitet sie in ihren Werken eigene Erlebnisse und Empfindungen, auch bedrückende Erfahrungen ihrer Kindheit. Guido bestärkt sie in ihrem Schreiben, und 1933 erscheint ihr erster Roman „Liebe beginnt".

Das Erleben des Zweiten Weltkriegs verändert Kaschnitzs dichterisches Schaffen, und sie wird zu einer bedeutenden Stimme der Nachkriegsliteratur. Inzwischen lebt sie mit Guido und Iris wieder in Deutschland, an der Universität Frankfurt leitet er den Lehrstuhl für Klassische Archäologie.

In ihrer Lyrik findet sie Worte für die Stimmungen unmittelbar nach dem Krieg, bringt das Entsetzen zum Ausdruck, wie etwa 1948 in ihrem Band „Totentanz und Gedichte zur Zeit“. Sie beschreibt die Zerstörung, die Trümmer, die Not, das Leid – den Schmerz über eine menschengemachte, unnatürliche Vergänglichkeit.

In den 1950er-Jahren kehrt die Familie nach Rom zurück, die Dichterin ist dort Teil eines deutschsprachigen Intellektuellenkreises, Ingeborg Bachmann wird ihre enge Freundin. Kaschnitz beobachtet Menschen, hört zu und lässt eigene Erfahrungen in ihre Werke einfließen. Ihr Stil ist psychologisch und direkt, oft schreibt sie in der Ich-Perspektive.

Sie veröffentlicht Hörspiele, Essays, Erzählungen – 1955 wird ihr der Georg-Büchner-Preis verliehen. Auf den Höhepunkt ihres schriftstellerischen Schaffens folgt ein einschneidender Schicksalsschlag, 1958 stirbt Guido an einem Hirntumor.

Nach seinem Tod poetisiert sie Gefühle von Trauer und Einsamkeit, der Angst und des Abschieds.

Der Schmerz des lyrischen Ichs über die Vergänglichkeit der Liebe und des Lebens durchdringt die Dichterin von „Am Strande“ ein weiteres Mal.

Immer wieder schreibt sie über Rom – für sie ein Ort glücklicher Erinnerungen, ihre „Herzlandschaft“ voller Gegensätze – mit den Stränden am Tyrrhenischen Meer vor den Toren der Stadt. Darin schwimmt Marie Luise Kaschnitz 1974 und erkrankt an einer Lungenentzündung. Sie stirbt in Rom im Alter von 73 Jahren.

„Welle kam und (...) Welle ging“. Ihre Zeichen auf Papier bleiben lesbar.

LESEN:

Rückkehr nach Frankfurt

Das dicke Kind

Hiroshima

Rose Ausländer

WIR SIND ZWEI LOTUSBLÜTEN

* 1901 in Czernowitz/Österreich-Ungarn, heute Ukraine
† 1988 in Düsseldorf

Rose Ausländer

„Wir sind zwei Lotusblüten

Sieh, wir sind zwei Lotusblüten,
auf dem Wasserplan getrennt,
nach Gestalt und Farb verschieden.
Doch der Blick, der uns erkennt,

der uns wissend ins Geheimnis
unsrer Tiefe folgt, erschaut:
Unser Wurzelwerk ist eines:
Brudergatte, Schwesterbraut!

Und wir können uns nicht lösen;
wie uns auch die Welle treibt,
bleiben wir im Wurzelwesen
ineinander einverleibt!

HÖREN:

Was verbirgt sich hinter dem Offensichtlichen, was liegt unter der Oberfläche? **Rose Ausländer poetisiert in „Wir sind zwei Lotusblüten“ das Geheimnis um die emotionale Verbundenheit zweier Menschen.** Ein lyrisches Ich lenkt die Aufmerksamkeit eines lyrischen Dus auf deren Beziehung zueinander und zeichnet das Bild zweier „Lotusblüten“, die „getrennt“ auf dem Wasser schwimmen. Die oberflächliche Unterschiedlichkeit der beiden ist unübersehbar, die tiefgründige Gemeinsamkeit beim genauen Betrachten ist bedeutender.

Denn „der Blick, der uns erkennt,“ – mit einem Zeilensprung verbindet die Dichterin die ersten beiden Strophen, verführt die Lesenden so sprachlich fließend zum Abtauchen, lenkt den „Blick“ weit unter die Wasseroberfläche, – „der uns wissend ins Geheimnis / unsrer Tiefe folgt“, nur für den wird sichtbar: Ihr „Wurzelwerk ist eines“.

Zwei Menschen, die sich liebend begegnen, freundschaftlich oder als Paar, können sich verstehen und verwurzelt fühlen, als hätten sie einen gemeinsamen Ursprung – wie Geschwister. Die Unmöglichkeit vermählter Geschwister deutet die Besonderheit einer solchen Beziehung an, etabliert eine eigene Ebene, um die nur die Beteiligten wissen, die sich darin begegnen. „Brudergatte, Schwesterbraut!“

Das lyrische Ich erklärt die Verbindung der beiden für unauflöslich, und das gemeinsame „Wurzelwesen“ hält dem Einwirken äußerer Kräfte stand. „[W]ie uns auch die Welle treibt, / bleiben wir (...) / ineinander einverleibt!“

Verbindende Tiefe der Liebe, die zum Erblühen führt.

Das Gedicht endet mit einem Ausrufezeichen.

Das Wesen einer Beziehung zwischen zwei Menschen ist für Außenstehende fast immer nur oberflächlich ersichtlich, manchmal bleibt es unergründlich. Den Kern und die Wahrheiten ihrer Beziehung kennen nur die Beteiligten selbst.

Bei Rose Ausländer liegt das „Geheimnis unserer Tiefe“ in der gemeinsamen Verwurzelung. Nicht jeder „Blick“ vermag in die Tiefe zu sehen, die Tiefen einer wahren emotionalen Verbindung zu erkennen. Nur wer eine Ahnung von dieser Ebene der Verwurzelung hat und bereit ist, dorthin vorzudringen – sei es auf Höhen oder in Abgründe –, dem erschließt sich, was der oberflächlichen, äußerlichen Betrachtung verborgen bleibt.

„Wir sind zwei Lotusblüten“ notiert Rose Ausländer 1945 handschriftlich in ein Notizbuch, veröffentlicht wird das Gedicht sechs Jahrzehnte später in ihrem Nachlass.

Das Motiv der Verwurzelung ist leitmotivisch in ihrem Leben und in ihrem lyrischen Werk.

Rosalie Beatrice Scherzer wird 1901 in Czernowitz in der Bukowina geboren, heute eine Stadt der Ukraine. Ihr Leben umfasst beinahe das gesamte 20. Jahrhundert – es ist geprägt von den Erfahrungen zweier Weltkriege, des Holocausts, von Vertreibung und Flucht, vom Verlust der Heimat und von der Verwurzelung in der deutschen Sprache, ihrer Muttersprache.

Sie wächst mit einem jüngeren Bruder in einem bürgerlichen, liberal-jüdischen Elternhaus auf. Im Ersten Weltkrieg flüchtet die Familie 1916 vor der russischen Besatzung aus ihrer Heimatstadt, in

Wien absolviert Rose das Abitur und eine käufmännische Berufsausbildung. Die Rückkehr nach Czernowitz erfolgt nach Kriegsende. Rose Scherzer besucht Vorlesungen der Literaturwissenschaft und Philosophie, bis ihr Vater stirbt und der finanzielle Druck steigt – im Alter von 20 Jahren wandert sie, in der Hoffnung auf bessere berufliche Möglichkeiten, mit ihrem Freund Ignaz Ausländer in die USA aus – dort heiraten die beiden.

Die erste Hälfte der 1920er-Jahre verbringt Rose Ausländer in Nordamerika, sie arbeitet als Buchhalterin und Redakteurin, wird in New York Angestellte einer Bank, „unter dem lieblosen Herzschlag der Uhren“, und sie publiziert ihre ersten Gedichte.

1926 reist sie nach Czernowitz und lernt während ihres Heimatbesuchs den Grafologen und Kulturjournalisten Helios Hecht kennen. Der Beginn einer großen Liebe.

Rose Ausländer trennt sich von ihrem Ehemann und lebt mit Helios Hecht zusammen – in Europa und in den USA.

1935 endet diese Liebe ihres Lebens abrupt: Hecht publiziert, ohne dass sie davon weiß, einige ihrer Gedichte mitsamt einem grafologischen Gutachten. Für Rose Ausländer ein einschneidender und schmerzhafter Vertrauensbruch, infolgedessen sie die Beziehung beendet.

1939 veröffentlicht sie ihr erstes Buch „Der Regenbogen“ – mit Gedichten, in denen sie sprachlich sensibel Menschlichkeit und Natürlichkeit thematisiert. Im darauffolgenden Jahr marschieren sowjetische Truppen in Czernowitz ein. Unter dem Vorwurf, eine Spionin der USA zu sein, wird Rose Ausländer, die sich zur Pflege ihrer kranken Mutter in ihrer Geburtsstadt aufhält, festgenommen und vier Monate inhaftiert. Von 1941 bis 1944 besetzen die Nationalsozialisten Czernowitz, zehntausende Jüdinnen und Juden sterben. Unter fortwährender Todesangst überlebt sie diese Zeit im Ghetto der Stadt und in Kellerverstecken, bis zur Befreiung durch die sowjetische Armee.

Schreiben ist für sie in dieser Zeit ein Mittel des Überlebens.

Beim Verfassen von Gedichten kann sie in eine Welt der Harmonie und Schönheit, des Zeitlosen, fliehen. Und gleichzeitig sind es Zeitzeugnisse des Unfassbaren. Sie findet Worte für ihre Angst und für das entsetzliche körperliche und seelische Leid.

1945 notiert sie die Verse von „Wir sind zwei Lotusblüten“ in ihr Notizbuch. Harmonie und Schönheit, Liebe und Verwurzelung. „Doch der Blick, der uns erkennt, / der uns wissend ins Geheimnis / unsrer Tiefe folgt ...“

Nach dem Zweiten Weltkrieg verlässt Rose Ausländer ihre Heimat erneut. Sie kehrt nach New York zurück, und sie kehrt für viele Jahre der deutschen Sprache den Rücken. Bis zu einer Wiederbegegnung 1957 mit dem Dichter Paul Celan, den sie im Czernowitzer Ghetto kennengelernt hatte, verfasst sie ihre Lyrik ausschließlich auf Englisch.

Ab 1965 lebt Rose Ausländer in Düsseldorf, im selben Jahr veröffentlicht die 64-Jährige ihren zweiten Gedichtband „Linder Sommer". Ihre Popularität als Dichterin wächst, und in den 1970er-Jahren erscheinen fast jährlich neue, viel beachtete Buchpublikationen mit steigenden Auflagen. Sie wird Bewohnerin im Nelly-Sachs-Haus der Jüdischen Gemeinde Düsseldorf.

Nach einem Oberschenkelhalsbruch zieht sie sich dort ab 1977 in ihr Zimmer zurück, verzichtet weitgehend auf Kontakte zur Außenwelt und konzentriert sich voll auf ihr Schreiben. Es ist ihre lyrisch produktivste Lebensphase – die Themen ihrer Gedichte sind breitgefächert. „Alles kann Motiv sein."

Rose Ausländers Werk umfasst 3000 Gedichte. Sie schreibt über ihre Heimat Bukowina, die Shoah und das Leben im Exil. Über Todestransporte, den Kampf ums Leben und Überleben. Über die Kindheit und das Verhältnis zur Mutter, die Sprache, die Ausdrucksmittel und Verwurzelung ist. Über die Liebe, das Alter und den Tod.

Ihr Schreibtempo ist zügig und langsam zugleich. Die erste Fassung steht schnell, darauf folgt ein langer Prozess der Überarbeitung und des Feinschliffs, der kann Tage, Wochen oder Jahre dauern.

Sie dichtet über das, was sie bewegt und geprägt hat.

Das ist bis zuletzt immer wieder die Liebe ihres Lebens, Helios Hecht. „[W]ie uns auch die Welle treibt, / bleiben wir (...) / ineinander einverleibt!"

1984 wählt sie vier Jahrzehnte später wieder die Lotusblume als Symbol und schreibt in „Liebe VI": „Wir werden uns wiedersehen."

Der Stil ihres Schreibens wandelt sich im Laufe ihres Lebens. Im Alter entwickelt sie ihre Poetik neu, sie lässt klassische Formen und Normen der Dichtkunst ihres Frühwerks hinter sich – auch den neuromantischen Wortschatz. Ihre Sprache wird lakonisch knapp, sie vermag es, mit wenigen Worten viel zu vermitteln. 1986 schreibt sie ihr letztes Gedicht. Und darunter: „Es ist genug – es ist mir kein Bedürfnis mehr."

Zwei Jahre später stirbt Rose Ausländer in Düsseldorf im Alter von 86 Jahren. Vorgedrungen in die Tiefen, an die Wurzeln. Zu dem, was hinter dem Offensichtlichen, was unter der Oberfläche liegt.

LESEN:

Noch bist du da

Mutterland

Liebe VI

Hilde Domin

WER ES KÖNNTE

* 1909 in Köln
† 2006 in Heidelberg

Wer es könnte

Wer es könnte
die Welt
hochwerfen
dass der Wind
hindurchfährt.

HÖREN:

„Auf einmal hatte ich die Notwendigkeit zu sagen, was in mir war. Wenn Sie in der Lage sind, es zu formulieren – das Innen wird Außen, und Sie werden davon frei für einen Augenblick. Dichtung als Augenblick von Freiheit.“ Hildegard Dina Löwenstein wird 1909 in eine großbürgerliche jüdische – nicht gläubige – Familie in Köln geboren. Ihr Vater ist promovierter Rechtsanwalt und Justizrat der Stadt. Nach dem Abitur entscheidet sie sich 1929 zunächst für ein Studium der Rechtswissenschaften, später der Philosophie, Soziologie und Nationalökonomie in Heidelberg, Köln und Berlin. Sie ist politisch interessiert und tritt der Sozialdemokratischen Partei Deutschlands bei.

Die zunehmende Popularität von Adolf Hitler verfolgt die Studentin mit wachsamen Augen, sie liest „Mein Kampf“ und hört sich Ende 1930 in Berlin seine Rede in der Hasenheide an.

Für Hilde Löwenstein ist offensichtlich, welche Gefahr von ihm ausgeht. Anders als viele traut sie Adolf Hitler zu, dass er seine in „Mein Kampf“ formulierten Gedanken in die Tat umsetzt.

1931 begegnet die 22-Jährige an der Heidelberger Universität dem jüdischen Kunsthistoriker Erwin Walter Palm und ein – wie sie es nennt – „Lebensgespräch“ beginnt. Es dauert 56 Jahre, bis dass sein Tod Ende der 1980er-Jahre die beiden scheidet.

1932 ziehen sie gemeinsam nach Rom. Was als Studienaufenthalt beginnt, wird nach Hitlers Ernennung zum Reichskanzler die erste Station ihres gemeinsamen Lebens im Exil – die deutsche Sprache bleibt den beiden stets ein Zuhause. 1936 heiraten die Diplom-Volkswirtin und der Archäologe in Italien. Als Mussolini und Hitler sich verbünden, endet für Dr. Hilde Palm und Dr. Erwin Palm das dortige Leben in Freiheit und Sicherheit. Sie flüchten 1939 nach England, doch auch diese Exilstation bietet ihnen nur vorübergehend Schutz. Erst die Fluchtroute über den Atlantik verschafft ausreichend Distanz zu ihren Verfolgern und zum Krieg in Europa. Mit dem Schiff fahren sie 1940 über Kanada in die Karibik – eine Insel, die Dominikanische Republik, wird für sie zum sicheren Hafen.

Hilde Palm arbeitet in Santo Domingo als Lehrerin, Fotografin, Übersetzerin und Assistentin ihres Mannes, der die dortige Kolonialarchitektur erforscht und als Schriftsteller tätig ist. Fast vierzehn Jahre leben die beiden im Exil auf der Karibikinsel – in sicherer Distanz zu den Gräueltaten der Nazis und des Zweiten Weltkriegs, gleichzeitig in keiner Weise frei vom seelischen Schmerz durch die Verfolgung und Fluchterfahrung, den Verlust der Heimat, die Ermordung vieler Angehöriger, das Fehlen von Familie und Freundschaften. Eine Ehekrise wird für Hilde Palm zusätzlich zur Belastung, und als 1951 ihre Mutter stirbt, stürzt sie seelisch in einen Abgrund und erlebt die Qual suizidaler Gedanken.

Das Dichten wird ihre Rettung, ihr Halt. Sie folgt dem inneren Impuls zu schreiben, findet Worte, mit denen sie ihre Gefühle und Gedanken externalisieren kann – und befreit sich. „Dichtung als Augenblick von Freiheit".

Von nun an schreibt sie und erachtet diesen Moment im Alter von Anfang vierzig als eine „zweite Geburt". Die Geburt der Hilde Domin im Jahr 1951.

Bis dahin dienten ihr italienische, englische und spanische Poesie zum Erlernen der Sprache ihres jeweiligen Asyllandes, von nun an verfasst sie in ihrer Muttersprache eigene Gedichte, „gefrorene Augenblicke", wie sie sie nennt.

Im Februar 1954 endet für das Ehepaar Palm nach 22 Jahren das Leben im Exil, und sie kehren zurück nach Deutschland, in das Land ihrer Muttersprache. 1959 erscheint ihr erster Gedichtband „Nur eine Rose als Stütze" unter dem Pseudonym Hilde Domin, in Anlehnung an den Zufluchtsort, in dem ihr Leben als Dichterin begonnen hatte.

„Wer es könnte", schreibt sie Anfang der 1960er-Jahre in Heidelberg, „die Welt / hochwerfen / dass der Wind / hindurchfährt". Die Utopie eines Augenblicks, in dem die Welt frei ist von Schwere, in dem ein natürlicher Luftstoß reinigt und vermag, die Lasten von Vergangenheit und Gegenwart in Leichtigkeit zu verwandeln.

„Wer es könnte" – kein Mensch, kein Gott? – Hilde Domins Verse können es. Mit wenigen Worten schafft sie einen kurzen Moment von Fantasie, in dem die Welt vom Wind erfrischt wird, sie Luft holt. „Dichtung als Augenblick von Freiheit".

Wie ein hoffnungsvoller Geistesblitz lässt das Gedicht sich lesen. Doch schon im Atemzug der

Vorstellung wird die Unmöglichkeit offensichtlich, nach wenigen Worten endet der utopische Gedanke – das Bild, die Sehnsucht bleibt. Hilde Domin formuliert einen Wunsch voll poetischer Sanftmut und Kraft.

Als die Miniatur 1964 veröffentlicht wird, versuchen viele Deutsche, die Verbrechen und Ereignisse des Nationalsozialismus und des Zweiten Weltkriegs zu verdrängen oder zu vergessen.

Der Wind als Sinnbild für Veränderung, der aufwirbelt, Altes wegträgt, Neues herbeiweht, Regen bringt und Wolken wieder vertreibt.

Die Dichterin entwirft ein natürliches beziehungsweise übernatürliches Welt-Bild, das auch als Metapher für gesellschaftliche Prozesse verstanden werden kann.

„Mit möglichst wenig möglichst viel sagen“ ist ein Prinzip ihrer Dichtung. Oft verzichtet sie auf Adjektive und Adverbien, verschafft ihren Versen so einen modellhaften Charakter, der über die rein subjektive Erfahrung hinausgeht.

Hilde Domin wird eine bedeutende Vertreterin deutscher Nachkriegslyrik und des ungereimten Gedichts. Frei von Pathos und ohne Schwere schreibt sie über gelebtes Leben, in dem so viel Gewichtiges stattgefunden hat. Sie formuliert in einfacher und klarer Sprache, empathisch und analytisch – veröffentlicht Erzählungen, Briefe, einen Roman, Essays und literaturwissenschaftliche Abhandlungen. Ihre Texte ermöglichen einen Dialog mit den Leserinnen und Lesern und werden in zahlreiche Sprachen übersetzt. Mehr als fünf Jahrzehnte, noch im Alter von 95 Jahren, schreibt sie und sucht bei Lesungen das Gespräch mit dem Publikum, vor allem auch mit Schülerinnen und Schülern.

Gegen das Vergessen. Für die Verteidigung der Menschenwürde.

Hilde Domin weiß um die unauflöslichen Widersprüche menschlicher Existenz und darum, dass es Kraft erfordert, diese auszuhalten. „Dennoch“ ist die Haltung mit der sie ihren Lebensweg beschreitet – getragen von großem Lebensmut und einem optimistischen Menschenbild und von Lebenslust, dennoch.

Bevor sie 2006 im Alter von 96 Jahren in Heidelberg stirbt, hat sie die Inschrift für den Grabstein von Erwin Walter Palm und Hilde Domin aufgeschrieben: „Wir setzten den Fuss in die Luft / und sie trug.“ **Ein Augenblick von Freiheit.**

LESEN:

Nur eine Rose als Stütze

Nicht müde werden

Wozu Lyrik heute

Michael Ende

DER TRAUM VOM FLIEGEN

* 1929 in Garmisch-Partenkirchen
† 1995 in Filderstadt
bei Stuttgart

Michael Ende

„Der Traum vom Fliegen

... und wenn du es wieder mal müde bist,
wie eng und begrenzt dein Leben ist,
und die ganze Erde erscheint dir fast
umsponnen von einem grauen Netz,
in dem du dich hilflos verfangen hast,
ein Netz aus Gewohnheit, Gewalt und Gesetz,
ein Netz aus Grenzen von Staat zu Staat,
Grenzen aus Dummheit und Stacheldraht,
Grenzen des Geldes, begrenzte Zeit
und die Grenzen der eigenen Fähigkeit ...
... und wenn du dich wieder mal wund gestoßen
an den Gitterstäben, den kleinen und großen,
und du weißt genau: Du kommst nie mehr vom Flecke,
du bleibst gefangen im engen Raum,
dann hockst du dich nieder in deiner Ecke
und träumst den alten Traum:

Da breitest du weit deine Arme aus
und ein tiefer Atemzug!
Du schwingst dich empor über Straße und Haus
im traumhaften Vogelflug.
Du fliegst und du fliegst und du brauchst kein Ziel,
das Dasein selbst ist Glück!
Keine Grenze dort unten bekümmert dich viel,
du möchtest nie zurück.

Es ist alles so einfach. Du wunderst dich kaum.
Und du weißt in dem Traum: Es ist kein Traum!

Und du fragst dich, warum man es je vergisst,
warum man nicht glaubt daran,
dass man immer so frei wie ein Vogel ist
und in Wahrheit fliegen kann.

HÖREN:

Michael Ende, 1993 in einem Interview: **„Man hat sich, zumindest in Europa, immer wieder die Frage gestellt, ob es nochmal einen dritten Weltkrieg geben wird. Und ich bin seit mehr als zehn Jahren der Meinung, dieser dritte Weltkrieg hat längst angefangen, wir sind mitten darin.** Wir erkennen es nur nicht, weil der Krieg diesmal nicht territorial geführt wird, sondern zeitlich. Wir führen einen Vernichtungskrieg gegen unsere eigenen Kinder, Enkel und Urenkel. Deren Welt zerstören wir jetzt." Die Zerstörung der Natur durch den Menschen beschäftigt den Schriftsteller jahrzehntelang auch literarisch, sie ist Thema in seinen Romanen, Kurzgeschichten, Theaterstücken, Gedichten – und immer wieder äußert er sich diesbezüglich in Interviews.

Ökonomie und Ökologie stehen für ihn in engem Zusammenhang; er führt diesen Gedanken 1993 weiter aus: „Und so wie die Dinge jetzt liegen, haben wir eigentlich nur die Wahl zwischen einer ökonomischen Katastrophe und einer ökologischen Katastrophe. Und da die ökologische Katastrophe noch etwas auf sich warten lässt, und man immer noch nicht genau weiß, wann sie eintreten wird, macht man halt zunächst einmal die Augen zu und tut so, als sei nichts und macht erstmal immer so weiter. Aber das wird natürlich so nicht gehen. Und ich meine eben, was unbedingt notwendig ist, das ist, dass sich die führenden Wirtschaftsleute der großen Industrienationen mal an einen runden Tisch setzen und überlegen, woran liegt eigentlich dieser Zwang von Wachstum in unserer Wirtschaft. Woher kommt dieser Zwang?“

Als sich Anfang 2023 führende Persönlichkeiten aus Politik, Wirtschaft und Wissenschaft beim jährlichen internationalen Treffen des Weltwirtschaftsforums im Schweizer Bergdorf Davos versammeln, bestimmen Kriege sowie ökonomische und ökologische Krisen die Agenda. Deren Wechselwirkungen werden diskutiert, ebenso wie die Überlegung, welche Form von Wirtschaftswachstum angesichts multipler Krisen zukunftsfähig ist.

Fraglich, ob Michael Endes Frage nach dem Ursprung vom Zwang eines fortwährenden Wirtschaftswachstums an einem der runden Tische diskutiert wird.

Kinder, Enkel und Urenkel, von denen er dreißig Jahre zuvor spricht – Aktivistinnen und Aktivisten von heute – demonstrieren gegen die politischen Versäumnisse beim Klimaschutz. Seit 2018 medial präsenter denn je. Eine weltweite Klimabewegung fordert schnelle und effiziente Klimaschutz-Maßnahmen und die Einhaltung des 1,5-Grad-Ziels. Für sie ist die Klimakrise längst eine Klimakatastrophe.

Mit „Der Traum vom Fliegen“ formuliert Michael Ende eine ermutigende Erinnerung an die Kraft der individuellen Freiheit. Er wählt den Menschheitstraum, gleich einem Vogel vom Boden abzuheben und zu fliegen, als Bild für grenzenlose Leichtigkeit und ersehntes Lebensglück. Für Selbstwirksamkeit – getragen vom Glauben an die eigenen Fähigkeiten und die Realisierbarkeit von Wünschen.

Er veröffentlicht die poetischen Verse 1986 in dem Band „Trödelmarkt der Träume – Mitternachtslieder und leise Balladen“. Seine Texte darin lassen einen Freiraum für Musik, sind Liedtexte, denen alle Lesenden eine individuelle Melodie geben können, so auch „Der Traum vom Fliegen“.

Die Lebenssituation eines lyrischen Dus wird beschrieben, ein Moment, in dem dieses sich „eng und begrenzt“ und „hilflos“ fühlt –

wie „verfangen“ in einem „grauen Netz“, das um „die ganze Erde“ gesponnen scheint. Der Farbe Grau entsprechend sind die Bestandteile des Netzes: „Gewohnheit, Gewalt und Gesetz“. Sie hindern das lyrische Du an seiner freien Entfaltung. Das „Netz“ steht für einschränkende „Grenzen“ verschiedener Art, „aus Dummheit und Stacheldraht, / Grenzen des Geldes, begrenzte Zeit / und die Grenzen der eigenen Fähigkeit“.

Drei Punkte lassen die sprachlichen Bilder nachwirken, bilden eine Pause. Michael Ende wählt sie im nächsten Vers direkt nochmal – als Auftakt zur Schilderung der beklemmenden Lage mit einer weiteren Metapher. Hinter „Gitterstäben, (...) gefangen im engen Raum“ beschreibt er das lyrische Du. Nach erfolglosen und schmerzhaften Versuchen sich zu befreien, wähnt es sich in auswegloser Gefangenschaft. Hoffnungslosigkeit dominiert, „nie mehr“, so ist es sich sicher, wird es anders werden.

Resigniert in der vertrauten „Ecke“ hockend, findet es dann in der Fantasie doch einen Weg in die Freiheit – mit dem „alten Traum“.

Nun ändert Michael Ende das Vokabular, die Bilder und Begriffe werden positiv, schließlich hat das lyrische Du auf einmal wieder Platz, bekommt Luft und startet dynamisch einen „traumhaften Vogelflug.“ Als befreit und beglückt beschreibt er es. „Du fliegst und du fliegst und du brauchst kein Ziel, / das Dasein selbst ist Glück!“ Die Distanz zum Boden und seinen Begrenzungen ist groß, ein Bedürfnis zurückzukehren nicht spürbar. So leicht und natürlich ist die Freiheit beim Fliegen. Sie stärkt. War sich das lyrische Du anfangs noch sicher, in der bedrückenden Enge wie gelähmt zu sein, „weiß“ es nun: „Es ist kein Traum!“

Und wundert sich über das Vergessen der eigenen Fähigkeiten, über den fehlenden Glauben an sich selbst, daran, „dass man immer so frei wie ein Vogel ist / und in Wahrheit fliegen kann.“

Michael Ende wird 1929 im bayerischen Garmisch-Partenkirchen geboren. Seine Eltern, der surrealistische Maler Edgar Ende und die Preziosenhändlerin Luise Bartholomä, prägen ihn mit einer humanistischen und künstlerischen Erziehung. Er wächst in München auf und wird in seiner Kindheit mit den Grenzen der Freiheit konfrontiert: Die NS-Reichskulturkammer stuft die Kunst des Vaters als entartet ein, und der Junge erlebt, dass jüdische Menschen aus dem Umfeld der Familie deportiert werden.

Während des Zweiten Weltkriegs wird sein Gymnasium in München 1943 evakuiert, und er kehrt mit der Kinderlandverschickung in seinen Geburtsort Garmisch zurück. Als der 15-Jährige kurz vor Kriegsende einen Einberufungsbefehl erhält, entscheidet er sich für die Freiheit, zerreißt ihn und schließt sich einer Widerstandsbewegung an.

Nach dem Abitur an der Waldorfschule in Stuttgart lässt er sich ab 1948 an der Otto-Falckenberg-Schule in München zum Schauspieler ausbilden. Er möchte die Grundlagen für seinen Berufswunsch als Theaterautor legen. An der Landesbühne Schleswig-Holstein sammelt er erste professionelle Bühnenerfahrungen und verlagert im Laufe der 1950er-Jahre seinen beruflichen Schwerpunkt hin zum Schreiben – zunächst ohne Erfolg.

Mehr als zehn Verlage lehnen sein Manuskript „Jim Knopf und Lukas der Lokomotivführer" ab. Michael Ende lässt sich nicht entmutigen, und als das Buch 1960 schließlich im Thienemann Verlag erscheint, wird ihm dafür der Deutsche Jugendbuchpreis verliehen.

1964 heiratet er in Rom die Schauspielerin Ingeborg Hoffmann. Anfang der 1970er-Jahre ziehen die beiden in die Nähe der italienischen Hauptstadt. Der Schriftsteller entzieht sich damit der deutschen Literaturkritik, die sein Werk als eskapistisch und ihn zum nicht ernstzunehmenden Kinderbuchautor degradiert.

„Momo" und „Die unendliche Geschichte" werden Welterfolge, in mehr als vierzig Sprachen übersetzt und verfilmt. Michael Ende schreibt Theaterstücke, Opernlibretti, Kurzgeschichten, Gedichte. Seine Werke eröffnen ihm die Möglichkeit, der Welt einen Zauber zu verleihen, und er erachtet die Kunst als inhärent frei von Moral und deshalb besonders befähigt, zu berühren und lehrreich zu sein.

2023, fünfzig Jahre nach der Erstveröffentlichung seines Romans „Momo" – in dem maßloser Konsum und fehlende Zeit der Menschen leitmotivisch sind – wirkt Michael Endes damaliger Blick auf die Gesellschaft visionär, prophetisch. Eine Dystopie, die Gegenwart geworden scheint.

Immer wieder taucht das Motiv der Naturzerstörung in seinen Werken auf, so auch in seinem letzten vollendeten Roman „Der satanarchäolügenialkohöllische Wunschpunsch".

Wie „Momo" endet auch dieser positiv. Und Michael Ende zeigt seinen Glauben an das Gute im Menschen. An die Kraft des Miteinander. An den „Traum vom Fliegen". Von einer friedlichen Zukunft zwischen Mensch und Mensch und Umwelt.

Für Michael Ende ist bereits 1993 offenkundig: „Eine zukünftige Kultur, eine Kultur des 21. Jahrhunderts, muss eine globale Kultur sein. Es kann keine nationale Kultur mehr sein. Was nicht bedeutet, dass die nationale Identität deswegen verloren gehen muss. Aber ein übergeordnetes Kulturkonzept muss da sein, was sozusagen menschheitlich konditioniert ist. Was uns begreifen lässt, dass wir eine Familie sind, die gemeinsam diesen Planeten bewohnt."

LESEN:

Momo

Was immer du erlebst ...

Der satanarchäolügenialkohöllische Wunschpunsch

C.H.BECK
WWW.CHBECK.DE

SANI
creating space

eduversum
VERLAG UND BILDUNGSAGENTUR

FREUNDE WAND

Danke für Ihre Unterstützung.

vollack

arte

PUMA®

Geistes® blüten
AUTOREN BÜCHER KÜNSTLER

DIE ZEIT

CP Kommunikation
Christian Prechtl

B&K
OFFSETDRUCK

NPP NIETHAMMER, POSEWANG & PARTNER GMBH
WIRTSCHAFTSPRÜFUNGSGESELLSCHAFT • STEUERBERATUNGSGESELLSCHAFT

HEINEKOMM
EREIGNIS | KOMMUNIKATION

ERNST DEUTSCH THEATER

STIFTUNG KULTURGLÜCK

PLANSECUR
WEIL WIR WERTSCHÄTZEN

KARKALIS
COMMUNICATIONS

CaféBOOK

THE OSTHOLSTEINER

DIETER BRAUN

Nachhaltig seit 2008...
N Klub
www.nklub.de | Ein Produkt der Gute Leude Fabrik

GENERATIONEN STIFTUNG.com

NEUBAU EDITORIAL DESIGN

×13

DIE ZEIT-GENÖSSISCHEN GEDICHTE

Empowerment durch Dichtung?

An was denken Sie zuerst, wenn Sie das Wort „Natur" hören? Welche Bilder haben Sie dazu sofort im Kopf? Wenn Sie ein gläubiger Mensch sind, danken Sie vermutlich Gott für alles, was auf Erden kreucht und fleucht. Sie haben Respekt vor seiner Schöpfung und hoffen, in der Natur dem Göttlichen zu begegnen, wie es etwa Franz von Assisi im 13. Jahrhundert in seinem „Sonnengesang" zum Ausdruck brachte.

In unserer modernen Welt ist vielen Menschen diese Sichtweise fremd. Wir sind davon überzeugt, dass es am besten ist, wenn wir mit unserem Verstand alles unter Kontrolle haben. Und dass es uns zusteht, aus der Natur zu günstigen Konditionen Rohstoffe oder seltene Erden zu entnehmen. Lange hat man in den reichen Industrieländern des globalen Nordens so gewirtschaftet, als ob der Vorrat für immer reiche. Dennoch hat es zeitgleich zu allen Überlegungen der Gewinnmaximierung immer auch Zeitgenossinnen und -genossen gegeben, die mit diesem Denken nicht einverstanden waren und einen Gegenkurs einschlugen – von der Prägung des Begriffs „Nachhaltigkeit" im frühen 18. Jahrhundert über die romantischen Dichter, die das eigene sensible Empfinden als Soft Power gegen die Hard Power der Rationalität ins Feld führten bis zu den modernen Umweltbewegungen.

Und wo stehen da heute die Gedichte?
Als ich damit anfing, nach 13 aktuellen Gedichten zu suchen, die es wert sein könnten, hier vorgestellt zu werden, stellte ich mir die Frage, wie sich die Dichterinnen und Dichter heute in diesem Spannungsfeld bewegen. Klimawandel, Extremwetter, Dürren, schmelzende Gletscher – welche Sujets suchen sich Dichterinnen und Dichter heute? Schreiben Sie über Kreislaufwirtschaft, den Nord-Süd-Windkraft-Korridor oder über die Klimaproteste? Welches sind die Top-Themen des lyrischen Nature Writing? Ist, frei nach Bertolt Brecht, ein Gedicht über Bäume fast ein Verbrechen, weil es ein „Schweigen über so viele Untaten einschließt"?

Ergebnis meiner Sichtung: ein überdurchschnittlich häufiges Vorkommen von Wald und Bäumen. Sehr viele Gedichte über Pflanzen, gern im Garten oder Wald, bei Tieren vorwiegend Vogel-Gedichte. Nur wenige Natur-Gedichte über Liebe oder über Umweltzerstörung. Und ein ganz klar auf die Heimat (Mitteleuropa) konzentrierter Blick. Letzeres hat mich besonders erstaunt, hatte ich doch gerade Johnny Millers Fotos aus Südafrika, Mexico-City oder Kapstadt kennengelernt. Hier ist auf frappierende Weise zu sehen, wie „grün" die Oberschicht der Welt in ihren Gated Communities lebt, während in den Slums nebenan kein Grashalm gedeiht. Zugriff auf Natur (und Wasser) als Luxus und Distinktionsmerkmal –
in Gedichten: Kein Thema.

Was die Frage aufwirft, wie es gelingen kann, heute Gedichte zu schreiben, die drängende Themen unserer Gegenwart aufgreifen, ohne dabei unterkomplex zu sein.

Darüber nachdenkend, fiel mir ein Text von Peter Rühmkorf in die Hände: **„Über den Sinn und Nutzen der Poesie".** Geschrieben Ende der 1970er-Jahre, zu einer Zeit, in der ich als überzeugter „Öko" nur Fahrrad fuhr, Second-Hand-Kleidung trug (Vintage!), ein vegetarisches Kochbuch kaufte und meine Eltern überzeugen wollte, dass wir erst, „wenn der letzte Baum gerodet ist", sehen werden, „dass man Geld nicht essen kann", eine den Cree zugeschriebene Weissagung, die damals omnipräsent war. Der Dichter Rühmkorf spottet kurz über politische Slogans seiner Zeit à la „Plutonium bringt Omi um". Dann wird er ernst: „Das sogenannte Positive", schreibt er, sei „nicht so sehr eine Sache der Willensbekundung oder eines politischen und moralischen Bekenntnisaktes. Das Positive ist vielmehr dort zu suchen, wo die bis in ihre Grundfesten erschütterte Person über das magische Wort zur Anerkennung ihrer selbst ermutigt wird."
Natürliches Empowerment durch Dichtung.
Ist das möglich? Sehen Sie es selbst.

Barbara Heine

Herzlichen Dank für Feedback und Korrekturen bei den Texten zu den +13 zeitgenössischen Gedichten an Matthias Schumann, Dr. Nina Diezemann, Philipp Greiner und Bärbel Hinte.

Jürgen Becker

Aus: Journal der Wiederholungen. Gedichte. Suhrkamp Verlag, 1999
Foto: Jürgen Becker

Unsere Reise in die Welt der gegenwärtigen Naturgedichte beginnen wir in Köln. Dort wurde 1932 Jürgen Becker geboren, und dort lebt er auch heute wieder. Jürgen Becker ist Legende, u.a. war er in den 1960er-Jahren Mitglied der berühmten Schriftstellervereinigung „Gruppe 47“. Gerade erschienen seine „Gesammelten Gedichte“ aus 50 Jahren, herausgegeben von der Autorin Marion Poschmann.

Das hier ausgewählte Gedicht von 1999 ist leise und hat eine feine Ironie. Wir schauen in den Himmel und folgen mit den Augen einer Formation von Kranichen – Symbol für Wachsamkeit, Klugheit und für das Erhabene in der Natur. Dann fällt uns auf, dass wir gar nicht mehr an den Titel gedacht haben. Verkehrslärm, sich drängelnde Autos, Abgase, Beton – alles für einen Moment ausgeblendet. Die Kraniche fliegen ruhig dahin, überholen sich gegenseitig, besonnen und mit einem natürlichen Tempolimit.

Autobahnring

Hochblickend, die Kette der Kraniche,
sie wechselt gerade die Keilspitze aus,
die Flugrichtung bleibt, die Geschwindigkeit
ändert sich nicht, einige schreien, dann
schreien andere, die Kette entfernt sich zwischen
den Städten, die still sind in der Luft.

Aus: die schönsten versprechen. Wallstein Verlag, 2022
Foto: Reiner B. Binkowski

Jürgen Beckers Kraniche sind vielleicht an den Schaalsee weitergezogen. Hier machen jährlich hunderte von ihnen Station auf ihrer Reise in ihre Brutgebiete in Skandinavien und Osteuropa – liebevoll beobachtet von der Birdwatching-Community. Die Schaalsee-Region, während der deutschen Teilung Sperrgebiet an der innerdeutschen Grenze, ist heute UNESCO-Biosphärenreservat und Sehnsuchtsort für Städter:innen aus Hamburg und Berlin.
Doris Runge, geboren 1943 in Carlow, ist so gern dort, dass sie dem Schaalsee ein Gedicht gewidmet hat. Auch hier wird es wieder ganz still: Gelassen liegt der See da, der Wind kräuselt sich, und der Himmel spiegelt sich auf seiner Oberfläche. Darunter ist der See 72 unergründliche Meter tief. Nichts, was geschieht, kann ihm etwas anhaben. Und uns auch nicht, für den Moment.

der schaalsee

seine tiefe verbirgt er
auf der oberfläche
spiegelt er himmel
lässt dem wind
sein spiel den
wasservögeln
das gründeln
das gleiten
mit schwänen
das bild vom see
manchmal verrät ihn
seine unglaubliche stille

Yevgeniy Breyger

Aus: Yevgeniy Breyger: Gestohlene Luft. Kookbooks Verlag, 2020
Foto: privat

Anders als der Vogel oben am Himmel lässt eine einzelne Feder sich berühren. In vielen Kulturen kann sie ein Totem sein, das „Oben“ mit „Unten“ verbindet und den, der es trägt, auf eine andere, entrückte und intuitive Ebene der Wahrnehmung hebt.

In der Begründung für den manuskripte-Preis im Jahr 2023 heißt es, Yevgeniy Breyger könne „mit Rätselsprüchen dem lesenden Verstand ein Schnippchen schlagen“. Noch bevor man bemerke, dass man nicht begreife, habe man schon – auf unbewusste, ja, körperliche Weise – verstanden: „Vergiss, was du tust, folge einem Gesang.“

Geboren 1989 in Charkiw, kam Yevgeniy 1998 mit neun Jahren nach Deutschland. Seine Erfahrungen als russischsprachiger ukrainischer Jude verarbeitet er in seinem neuen Gedichtband: „Ich flieg über bergkämme, ich flieg über flusstäler / ich fliege über den Mount – ICH und / tauch durch nen SPEICHELOZEAN / es ist krieg / in mir, der will / mich ziehn / zieht der andere / und ich denk / mich nur denk hin.“

ich trage eine kleine feder

ich trage eine kleine feder
vom rücken eines dunklen vogels
sie lässt mich mit den händen spüren
was menschen mir nicht sagen mögen
an kalten tagen will ich wissen
wo dunkle vögel überwintern

mein kopf folgt seltsamen gesetzen

Hausen in einem Bau unter der Erde, Mülltonnen durchstöbern auf der Suche nach Nahrung, mit den Zähnen nach den Fischen im Fluss schnappen – der englische Naturkundler Charles Foster hat in einem Selbst-Experiment ausprobiert, wie es sich anfühlen könnte, ein Dachs oder ein Fuchs oder ein Otter zu sein („Der Geschmack von Laub und Erde“).
Daran dachte ich bei der Lektüre des Gedichts von Levin Westermann, von dem wir hier nur einen kleinen Ausschnitt abdrucken können. An anderer Stelle heißt es:
„Knirschender Kies — die Rückkehr der Späher. Sie führen uns / durchs Unterholz, wir plündern einen Bungalow im Wald. / Suchen nach Konserven, suchen nach Tabletten, suchen nach Verbänden, nach Patronen / und Benzin.“
Wer in der Wildnis ums Überleben kämpfen muss, wird irgendwann selbst zum Tier. Muss husten und spucken und wie unsere Vorgänger, die Amphibien, mühsam aus dem Wasser kriechen, um wieder zum Menschen zu werden.
2022 wurde der 1980 geborene, in der Schweiz lebende Levin Westermann mit dem Deutschen Preis für Nature Writing ausgezeichnet.

Aus: bezüglich der schatten. Matthes + Seitz, 2019
Foto: Bettina Wohlfender

Come away.

Come away,
O human child!
To the waters
and the wild —
Wasser
in den Haaren,
Wasser
in den Schuhen,
Wasser
in der Kleidung,
auf der Haut.
Ich öffne meine Augen,
immer noch:
am Strand. Das Licht
scheint nur noch schwach
und jetzt,
jetzt kommt die Flut.
Die Brandung dröhnt.
Ich drehe mich entkräftet
auf den Bauch
und krieche auf den Knien
durch den Sand, weg
vom Wasser, tiefer
ins Land, unerträglich
langsam
Richtung Hang.
Oben
in den Dünen
sitzt der Fuchs.
Er schaut
herab.

A large part
of your problem
is death, ruft er
in den Wind, *which*
is lifeless
and unhelpful.
Die Lunge brennt.
Ich huste, spucke,
schleppe mich voran.
Hinter mir
die Wellen, über mir
der Kamm, ein Leuchtturm
und sein Feuer
in der Nacht.
Ich zögere
    verwundert,
dann
wird alles schwarz —

Aus: Strophen für übermorgen. Suhrkamp Verlag, 2007
Foto: Jürgen Bauer

Der Ort Nida liegt in Litauen, auf der Kurischen Nehrung. Ostseestrand. Dünen, Birken. Sehnsuchtsort? Ferien-Idyll? Nein. In Durs Grünbeins Gedicht sind Unschuld und Schönheit dieser Landschaft zutiefst trügerisch. Unter dem Sand, unter den Wurzeln der Bäume, liegt ein Schlachtfeld, der Boden ist mit Blut getränkt.

1939 wurde die Region vom Deutschen Reich erobert, 1944/45 von der Roten Armee besetzt. Fast alle Einwohner flüchteten damals nach Westen. Bis 1961 war die Kurische Nehrung mit Nida militärisches Sperrgebiet. In der Wissenschaft spricht man heute mit Bezug auf solche Orte von einer kontaminierten, einer beschädigten Landschaft.

Der Ukraine-Krieg hat uns wieder zu Bewusstsein gebracht, dass Landschaften auch Aufmarschgebiete sein können, Battle Grounds. Und wenn Imperien „wie Nehrungen auf Sand gebaut“ sind: Was bedeutet das für uns und unsere Gegenwart? Von Nida bis zur Grenze der Russischen Föderation sind es nur vier Kilometer.

Am Baltischen Meer
Für Tomas Venclova

(Nida)

Das schönste Dorf im ganzen Sowjetreich ...
Der Name klingt dem deutschen Ohr nur zu vertraut.
Hier zeigen Dünen, was es heißt: Die Zeit verstreicht.
Imperien sind – wie Nehrungen – auf Sand gebaut.

Was kümmert sie den Elch, den Aal am Grund des Haffs?
Hungernde Truppen überlebt, Raketen, Panzerketten,
Hat dieser Landstreif, für sein Wehrlossein bestraft.
Sein Schicksal – des Soldaten letzte Zigarette.

Die Ruhe trügt. So schweigt ein Sperrgebiet. Der Wald,
Das feuchte Pilzrevier, verbirgt, was hier geschah.
Viel Blut geschluckt hat dieser Boden, nördlich kalt.
Bei all den Birken, wo – war je Barmherzigkeit? „Nie da."

Aus: Marcel Beyer, Dämonenräumdienst. Suhrkamp, 2020
Foto: Stefan Albrecht für Heinekomm

Hier haben wir ihn endlich – den Wald. Seit Anfang des 19. Jahrhunderts Sehnsuchtslandschaft der Deutschen, in Gedichten, Märchen und Sagen der Romantik beschrieben und überhöht. Rund 15-mal kommt das Wort „Wald“ allein im ersten Teil dieses Heftes vor. – Auch 200 Jahre später ist hierzulande die Liebe zum Wald ungebrochen, Peter Wohllebens „Geheimes Leben der Bäume“ (2015) wurde zum Mega-Bestseller, Auseinandersetzungen wie die um den Hambacher Forst werden hoch emotional geführt.

Mit diesem uns so teuren Mythos treibt Marcel Beyer (Jahrgang 1965 und in Dresden lebend) seine Scherze. Er erfindet einen Märchenwald als Themenpark und Freizeitanlage von höchster Künstlichkeit und bevölkert ihn mit seltsamen Gestalten: Schein- und Steinhirschen, Kirschkernjägern und weinenden Dämonen – Beyer zeigt den Wald als ein kulturelles, ein Phantasie-Produkt. Als Märchen eben. Da kann auch der „Dämonenräumdienst“ nicht allzu viel ausrichten. Denn mit einer Kirschkernspur findet man wieder zurück in diese „andere Welt“, falls sie einem gefällt.

Dämonenräumdienst

Bin jetzt in einem anderen Wald und muß
mir nichts erzählen, nichts mehr
erzählen, nichts, in diesem Lärchenwald,
in dieser Märchenwelt. Hier auf der

Lichtung äsen die Scheinhirsche, hier finden
sich Dämonen ein, um gemeinsam zu
weinen, und hier machen die Pferdchen halt,
in Miniaturgestalt, im Märchenwald

ist es zu kalt, denn da hängt die Blutkirsche
neben der Blutkirsche in meiner
Wutnische, ich höre schon, ich knirsche.
Ich höre, tief im Märchenwald, da knarrt

das Haar. Bin jetzt in einer anderen Welt, in
einer Härchenwelt, in einer Lärchenwelt,
Ich muß mir nicht und ich muß niemandem
erzählen, wie sich die Blutkirschen

dort türmen in der Glutnische, wie sie sich
wandeln zu einer kleinen Kirschenasche,
zu einem Sack voll Kern- und
Aschekirschen, und muß nicht mehr

erzählen, wie sich die Taschenwürze ganz
von allein verstreut, ganz von allein
verteilt unter den Steinhirschen, dort tief im
Märchenwald, in einer anderen Welt, von

der man nicht erzählt, von der man auch
nicht weiß, ob sie einem gefällt und
was die Taschenwürze da so lange Zeit in
ihrer Tasche hält, und was die Wut in ihrer

Nische, und was das Haar, das tief im Wald
knirscht, wo die Natur knarrt, während
ein stummer Kirschkernjäger durch die Kälte
pirscht. An seinem Schritt hört man, es ist

der jüngere, oder der ältere, doch davon weiß
man nichts, davon erfährt man nur, wenn
der Dämonenräumdienst über den Wald herfällt,
über die Lichtung jagt und die Dämonen

stellt, in welche Richtung, frag ich mich, trag
ich den Sack voll Kirschen, wenn ich dann
heimknirsche, daß ich zurückfinde, in meine
märchenwelt, von der kein Mensch erzählt.

Jan Wagner

Aus: Probebohrung im Himmel. Berlin Verlag, 2001
Foto: Nadine Kunath

Es wird ein Morgen im Spätsommer sein, laut Pilzkalender die Saison für den Wiesenchampignon, den Waldchampignon oder den Anis-Champignon. Kenner wissen, dass die Morgendämmerung die beste Zeit ist zum Pilzesammeln, denn Pilze wachsen über Nacht.

„Champignons“ von Jan Wagner ist eins der früheren Gedichte des 1971 in Hamburg geborenen Büchnerpreisträgers. Ich habe seither viele wunderbare Texte von ihm gelesen, aber die „Champignons“ habe ich nie vergessen. Mir macht die Vorstellung Freude, dass ein Champignon ein Geheimnis hütet. Dass ein ganz normaler Moment („He, wir müssen noch die Pilze putzen“) zu etwas Besonderem wird. Und ich frage mich, wie so ein Champignon klingt, wenn man an seinem Stiel dreht.

„Ein Gedicht darf schmatzen und stinken, fauchen und rauchen; im Gedicht darf es gluckern und schwanken und tanzen“, sagt Jan Wagner. In der ARD-Audiothek ist sein Podcast „Book of Songs“ zu hören, für den junge europäische Gedichte von Hörspielmachern inszeniert werden.

Champignons

wir trafen sie am wald auf einer lichtung:
zwei expeditionen durch die dämmerung
die sich stumm betrachteten. zwischen uns nervös
das telegraphensummen des stechmückenschwarms.

meine großmutter war berühmt für ihr rezept
der *champignons farcis.* sie schloß es in
ihr grab. alles was gut ist, sagte sie,
füllt man mit wenig mehr als mit sich selbst.

später in der küche hielten wir
die pilze ans ohr und drehten an den stielen –
wartend auf das leise knacken im innern,
suchend nach der richtigen kombination.

Aus: Martina Hefter: In die Wälder gehen, Holz für ein Bett klauen: Gedichte. Kookbooks, 2021
Foto: Sascha Kokot

Wenn Martina Hefter (Jahrgang 1965, wohnhaft in Leipzig) recht behält, dann essen wir demnächst „Pellets“, das ist eine Darreichungsform, die bislang als Pferdefutter Anwendung findet. Wahlweise auch Gutes aus dem „Extruder“ – kennen wir bisher schon durch Snacks wie Flips, Zwiebelringe oder Käsebälle, die auf Basis von Kartoffeln, Mais, Weizen oder Reis hergestellt werden.

Da sage einer, dass Gedichte lesen nicht bildet. Denn was die Autorin da beschreibt, klingt nur nach Science Fiction. Schon heute ist „Extrusion“ als Veredelungstechnologie im Trend bei der Produktion innovativer Lebensmittel, getestet zunächst bei der Heimtiernahrung (!).

Alte Wahrheit, neue Wahrheit. Martina Hefter hat sich informiert. Und macht das Umweltthema Ernährung zum poetischen Sujet. Kein Wunder. Andere ihrer Gedichte erzählen von Fischtheken im Supermarkt, Foodpornos und Nährwerttabellen und vom Maggi-Kochstudio.

Die künftige Ernährung

Die künftige Ernährung.
Man schiebt Pellets in die Mikrowelle, drückt auf „Start".
Und die Moleküle jaulen.
Etwas essen, das ein Leben hat, an dieser Praxis wurde noch nicht gerührt.
Zellen mit Hitze explodieren lassen, nicht allzu lang her.
Und die Partikel flogen herum, besetzten Oberflächen, gesprenkelte Fliesen, sah nach Lebendigkeit aus.
Die Pflanzen vor dem Fenster haben ihre Köpfe in Richtung des Hauses gedreht, jetzt, da die Erde unter der Sonne durchrutscht, in den Wohnungen Partys starten.
Was man so Sonne nennt.
Die Wahrheit ist, man wird für Kartoffelchips keinen Ersatz finden.
Wahrheit in ihrer alten Form, meine ich.
Wahrheit wie Lotusblatt wie glücklich naive Bienen, Nektar nuckelnd.
Niemand weiß, was passiert, wenn Manna aus dem Extruder perlt.
Ich behandle die Pflanzen vor dem Fenster vorerst wie Zierkürbisse,
hol sie rein im Herbst, leg sie auf den Esstisch, sie sehen mich an.

Zuerst wurde das Gestein erschaffen, dann die Pflanzen und Tiere und zum Grande Finale der Mensch, der als „Krone der Schöpfung“ über die Erde herrschen sollte, „über die Fische im Meer und über die Vögel unter dem Himmel und über alles Getier, das auf Erden kriecht“. So steht es in der Schöpfungsgeschichte im Alten Testament (Buch Genesis).

Die Toten Hosen sehen das ein wenig anders: Wir sind nur eine Laune der Natur, sozusagen durch einen sehr dummen Zufall entstanden. Da kann kein kluger Masterplan dahinterstecken. Denn wie wäre es sonst zu erklären, dass Gletscher schmelzen, Tsunamis wüten und Wälder brennen? Wir richten Schaden an, wo immer wir unseren toxischen Fußabdruck hinterlassen.

Und damit noch nicht genug: In unserem Narzissmus sehen wir uns selbst als das Maß aller Dinge und unsere Umwelt bestenfalls als Resonanzraum unserer selbst: „Wenn wir traurig sind, beginnt die Regenzeit.“ Von unseren Launen hängt das Wohlergehen aller anderen Kreaturen ab. Die Frage ist, wie lange noch.

Laune der Natur

Als wir geboren sind, wurd' die Erde heiß.
Lassen Gletscher schmelzen für 'ne Kugel Eis.
Schicken die Tsunamis auf Entdeckungstour.
Und Ihr fragt, wie machen die das nur?
Wenn wir traurig sind, beginnt die Regenzeit.
Vergieße Tränen und das Wasser steht Euch bis zum Hals.
Wenn Gott so mächtig ist, was sind wir dann nur?

Ja, genau, 'ne Laune der Natur!
Sind 'ne Laune der Natur,
überall nur unsere Spur,
ja, wir sind, wir sind 'ne Laune der Natur.

Dass Ihr in Frieden lebt, war nicht so abgemacht.
Wir reißen Bäume aus und klettern über Stacheldraht.
Sind wir in der Stadt, bekommst Du eine Sturmfrisur.
Verdammt, wie machen die das nur?
Wir schreien das Feuer an, bis es am Himmel scheint.
Machen wir die Augen zu, lebt Ihr in Dunkelheit.
Ohne uns wär' die Party schnell vorbei.

Sind 'ne Laune der Natur,
überall nur unsere Spur,
ja, wir sind, wir sind 'ne Laune der Natur.
'Ne Laune der Natur
Drehen am Zeiger Deiner Uhr.

Ein Fußabdruck von uns hält für die Ewigkeit.
Wir reißen Wände ein, jetzt ist die Gelegenheit.
Der Tanz geht los, macht Euch dafür bereit!

Wir sind die neue Hochkultur.
Sind 'ne Laune der Natur,
überall nur unsere Spur,
ja, wir sind, wir sind 'ne Laune der Natur.
'Ne Laune der Natur.
Sind 'ne Laune der Natur.
Sind 'ne Laune der Natur.

Wie ein schlauer Krake einem Team von Wissenschaftlern in Neuseeland ein Schnippchen schlägt, davon erzählt Matthias Göritz. Und davon, wie alle Bilder und Phantasien, die wir mit den Oktopoden verbinden, irrelevant werden, wenn das Tier sich der Betrachtung entzieht. Nicht mehr angesehen, seine Ruhe haben will, zurück auf dem Meeresgrund. „Ein ungezügeltes Bild“ entsteht durch dieses Empowerment. Vermutlich wird „Inky“ auf dem Weg in die Freiheit auch noch seinen menschengemachten Namen abstreifen … Ein Wildtier, das uns vormacht, wie es ist, sich elegant von Zwängen und Zuschreibungen zu befreien. Das macht high.

Matthias Göritz ist einer der mobilsten Autoren seiner Generation. 1969 in Hamburg geboren, hat er u.a. in Moskau, Paris, Chicago, New York und Los Angeles gelebt. Zurzeit unterrichtet er „Practice of Comparative Literature“ in St. Louis. 2023 kuratiert er den Auftritt Sloweniens als Gastland der Frankfurter Buchmesse.

Aus: Spools. Gedichte. Wallstein Verlag, 2021
Foto: Mariana Vassileva

Inky bricht aus

Wellington, Neuseeland
Sanft fällst Du
in die Arme des Oktopoden
Weichtier, Geierschnäbler, Saugsäbler und
Pornotier japanischer Manga

Der Traum der Fischersfrau von Hokusai
(Holzschnitt aus dem 19. Jahrhundert)
Zwei Kraken halten sie in den Armen
(Abdrücke, Öffnung)

Aber das ist es nicht. Inky wollte raus.

Mitten in der Nacht hob er den aus Versehen
nicht ganz geschlossenen Deckel seines Tanks
glitt außen am Glas nach unten, schlidderte
über den Boden des Aquariums, quetschte sich
durch den Abfluss und wanderte durchs Fünzig-
Meter-Rohr zum Meer

Ein ungezügeltes Bild

„Man weiß ja nie", sagte der Aquariumsdirektor, innerlich
sein blaues Wunder erlebend. „Es gibt ja immer noch eine
Chance, dass er nach Hause zurückkommt."

Wir waren halb high, als wir das lasen.

Dieser Text macht besonders großen Spaß. Welch entwaffnende (Selbst-)ironie. Der romantisierende Hype urbaner Bartträger um das „Zurück zur Natur“ wird hier ad absurdum geführt. Bei all dem „Gekrabbel und Gestrüpp“ nützen weder das Survival-Buch noch die nachhaltige neue Outdoorjacke: Ungewaschen und verirrt „hängen wir im Wald rum, ohne Hafermilch und Heizung“. Hier wird aus dem „Unbehagen in der Kultur“ das „Unbehagen in der Natur“.

Die Natur ist, das wird deutlich zu verstehen gegeben, eben nichts zum Streicheln und Gernhaben und dann wieder Gehen, bestenfalls unter Mitnahme des angefallenen Mülls. Natur, Flora und Fauna stehen uns fremd gegenüber. Mehr noch, der Spieß wird umgedreht, wir werden zu Objekten der Beobachtung. Und das ist nicht mal eine neurotische Phantasie: Wer jemals alleine in einen Wald spaziert und dabei nicht ganz unaufmerksam ist, der hört, wie die Vögel sich untereinander warnen. Da kommt er, der Störenfried, der Trampel, der Mensch.

In der Natur

Leun-deh-hoh, ah
Wabbe-diddl, leun-deh-yo
Huh-deh
Huh-deh

Leun-deh-hoh, ah
Wabbe-diddl, leun-deh-yo
Huh-deh
Huh-deh

In der Natur
Da verknackst du dir den Fuß
In der Natur
Da versagt dein Survival Buch
In der Natur
Da hilft keiner, wenn du rufst
Du hast lange nicht geduscht und das hier so nicht gebucht

In der Natur
Vielleicht als Doku ganz okay
In der Natur
Tut dir die Nackenstütze weh
In der Natur
Ohne Abo doch gar nicht so spannend
Erst da hinten irgendwann fang' die Wege wieder an

Leun-deh-hoh, ah
Wabbe-diddl, leun-deh-yo
Huh-deh
Huh-deh

Mit meiner neuen Fleecejacke komm ich hier nicht durch
Wo ist denn hier der Griff? Mann, das ist doch alles Murks
Weit und breit kein Mensch, hier kennt dich keine Sau
Und rennt man hier so rum, ja dann hustlet man für lau
Die Erwartung' waren hoch, dieser Ast hängt viel zu tief
Die Blicke von den Tieren sind mir zu passiv aggressiv
Kein Konto und kein Gott, das ist nicht meine Welt
Hier hat keiner auf dich Bock und es regnet in dein Zelt

In der Natur
Alles voll Gekrabbel und Gestrüpp
In der Natur
Da friert es dir am Steiß, wenn du dich bückst
In der Natur
Wirst du ganz langsam verrückt
Und plötzlich wünscht du dich so sehr zum Hermann-
platz zurück

In der Natur
Gibt es weder Kuchen noch Empfang
In der Natur
Da hat die Liebe keine Chance
In der Natur
Da haben die Tiere keine Angst
Da gehst du einfach lang und krepierst dann irgendwann

Ich hänge hier im Wald rum
Ohne Hafermilch und Heizung
Hier versau ich mir den Look und die Hagebutte juckt
Dornen schneiden an meinem Bein rum
Ich kämpf mit Schwein' um die Kastanien
Die Sonne treibt mich in den Wahnsinn
Ich schlaf auf einem Stein, ich fühl mich so allein
Und hab Karies in meinem Zahn drin

In der Natur
Da wartet's nur auf dich
Da wirst du beobachtet

Aus: der hund ist immer hungrig. Hanser Verlag, 2021
Foto: Juliane Henrich

Bei „Deep Blue“ denkt man an die Weltmeere und an die Weite der Tiefsee. Die Leipziger Dichterin Anja Kampmann (geboren 1983 in Hamburg) meint damit aber den von IBM entwickelten Schachcomputer, der im Mai 1997 in New York den damaligen Weltmeister Gary Kasparow vernichtend schlug – eine symbolische Zeitenwende und ein Meilenstein in der Computer- und ziemlich sicher auch Menschheitsgeschichte.
Warum ist „Deep Blue“ aus meiner Sicht dennoch ein Naturgedicht? Weil eine unserer großen Aufgaben heute darin besteht, mit dem Thema KI verantwortungsvoll umzugehen. Hier könnten schon bald die Grenzen zwischen Mensch, Tier und Technik verschwimmen. Vielleicht sind wir dann keine Laune der Natur mehr, sondern den Launen der Technik ausgeliefert. (Und ChatGPT schreibt die Gedichte.)
„ach lieber nachfahrfahr“, schreibt Anja Kampmann in einem anderen ihrer Gedichte, in dem es um geklonte Rennpferde geht: „und dein galopp hält worauf zu?“

deep blue (*1979)

man nannte sie deep blue
vielleicht weil man noch glaubte
an den ozean und seine alte kraft
oder die strömung des pazifiks
wie sie weitergeht von land zu land
der große geist und die bewegung
eines hirns
deep blue vielleicht nicht gerad bewusstsein
doch etwas rechnete hier spielte
schach kasparov unser held
wie war dir wohl als du verlorst
beim sechsten spiel und gegen welche
kraft? teichpumpe
gegen ozean die geisteskraft
des menschen seele, ha
was denkst du welches blau
wir heute sehen?

Aus: Hell & Hörig, Gedichte 1995 - 2020; Penguin Verlag
Foto: Domimik Butzmann

Ein Wolf ist in der Regel ein unheimlicher Geselle, dem man aus dem Weg gehen sollte, um nicht (wie Rotkäppchen) gefressen zu werden. Anders bei Ulrike Draesner: Hier beschnuppern sich „Wolfskind“ und Wolfsmutter nach einer Trennung: das aus der Wildnis kommende Kind scheu, die Mutter ihre fast schmerzhafte Sehnsucht mühsam bezwingend.
Wir vergessen so gern, dass auch wir Tiere sind, Säugetiere. Erst wenn man selbst Mutter wird, versteht man, warum in der freien Wildbahn Tiere mit Jungen so gefährlich sind. In Sekundenschnelle werden die Krallen ausgefahren, wenn Gefahr zu drohen scheint. Ähnlichen animalischen Instinkten verdanken wir es, unser Kind am Geruch zu erkennen. Oder es zum Fressen gern zu haben. Mit ihrer weiblichen Neuinterpretation des Wolfs-Mythos zeigt Ulrike Draesner, geboren 1962 in München und seit 2018 Professorin für Deutsche Literatur am Deutschen Literaturinstitut Leipzig, dass es noch eine andere, bessere Art gibt, wie der „Mensch des Menschen Wolf“ sein kann.

wölf

ein graues kind langhaarig dunkel das braune gesicht weiß verschmiert
klein, zart in weiter kleidung einem grauen fleece grauen hosen
festen schuhen ein wolfskind, in seiner art breitschultrig
die paar stufen des busses hinunter kleines wesen noch
nach drei tagen kitafahrt nach schaf riechend erde esel
wie sprachlos in sich mit wildem hetzendem blick
kam sie für sekunden sekunden fremd auf mich zu
die stufen des busses paar stufen eine welt herab
nach drei tagen so fremd. wir mussten erst wieder
suchen wo wir wir waren aufeinanderzufahren

die klebenden oder sich verfugenden ideen
die als arme hände sichtbar waren zwischen uns
als ich sie, sie auf dem arm tragend, weiter berührte
sagte sie „au" als hätte ich einen bart im gesicht
als hätte mein wölfischer bart sie gestreift
mein wölfischer blick.

ich hatte so lange gewartet
ich strich

Zu guter Letzt ...

Ausgabe Nr. 1 und Nr. 2 von **dreizehn+13 Gedichte** sind im Buchhandel jederzeit bestellbar und auch an vielen Bahnhofskiosken noch erhältlich.

↓

Und natürlich hier:
dreizehnplus13.de

Die nächste Ausgabe von dreizehn+13 Gedichte erscheint im **Herbst 2023.** Mit Lyrik zum Thema **Liebe.**